JN235918

文字療法

—これでストレスを解消する—

高山流水

文芸社

まえがき

健康食品は、ビタミン剤やホルモン剤などの成分が含まれているため、人の身体によい影響を与えると言われている。それは、口から入って、胃腸に吸収された消化過程で、人に生きるエネルギーをもたらしてくれるのである。

書物も、ビタミン剤と同様、文字という形をとった一種の栄養素であると私は考えている。文字は、人の目から入り、頭に吸収された消化過程で、その人の神経に働きかけ、リラックスをもたらしてくれるのである。この本の狙いは、それである。

現代社会に生きる人々は、景気が良かろうが悪かろうが、ある程度簡単に生活の豊かさを手に入れることができるようになった。と同時に、仕事上の挫折、人間関係上の異常な緊張などを、生きるためのコストとして払わざるを得なくなったのも反面の事実である。

それは肉体の問題ではなく、本質的に精神の問題である。そして、その精神の疲れを解消するには、薬品ではなく、文字による癒しが有効だと私は考える。ある種の文字に含まれている栄養成分が頭に吸収され、特定の神経に溜まったストレスを緩めてくれる、と私は信じる。

そこで動物と人間の違いがはっきり出る。『文字療法』は、人間には効くが、動物には効かないのだ。『文字療法』は、ビタミン剤、薬、食品など口を通すものとは根本的に性質が違うのである。

この本は、見方を変えれば、「笑い話」、「ユーモア話」、「ジョーク集」とも呼ぶことができるが、私の意図は、ちょっと違う。私は、人を笑わせることを目的に書いたのではなく、人の目から入力され、頭に残るような一種の『文字食品』に仕上げたいと望んだ。

そんな訳で、私は本書によって読者のストレスが緩和・解消されることを心から願っている。

本書では、ストレス解消効果を劇的に高めるため、以下の手法を用いている。

1．読者が、いつ、どこのページからでも気軽に読み始めていただけるように内容や表現形式を工夫した。それは、まとまった時間をとりにくい現代人への配慮でもある。

2．本書は、随所に著名人の実名を使い、文章を組み立てている。それは、読者の神経に溜まったストレスを緩和するため、より迫真的な表現効果を狙って採用された手法であり、実在した人物とは、もちろん何の関係もないことをあらかじめお断りしておきたい。

また、いろんな国の民族や人種の話題が出ているが、それは決して人種差別に繋がるような誤解を与えるためではないことをお断りしておきたい。

3．この本に登場した話題を、読者は既に日本や海外で何らかの形（本、新聞、雑誌、WEBサイト、会話、講演など）で見聞きされたことがあるかもしれない。作者は、いままで自分の目、耳、口に触れたものを自分なりのセンスで再編集し、『文字食品』の栄養素として使うために加工、精錬、製造しようと努力した。

私は、この本の主たる読者層として、国内七〇〇〇万人ほどのサラリーマンとOLの皆さんを想定している。

私が開発した『文字療法』は、これらの広範な読者に対して、果たしてどれだけの効果を上げることができるだろうか。それは読者の皆さん一人一人にお伺いする他はない。それゆえ、本書に目を通された方は、ふるって感想をお寄せいただきたい。著者はそれをもとにして、より一層進化した『文字療法』を開発したいと願っている。

最後に、このような書籍を出版するチャンスを与え、全体の構成から執筆のありかた、誤字脱字の訂正にいたるまで適切丁寧なアドバイスをいただいた文芸社の方々にこの場をお借りして感謝の意を表したい。

平成十四年一月十八日　著者

文字療法

——これでストレスを解消する——

もくじ

有名人編

有名人の言葉だから、有名になったのではない。歴史に残る価値がある言葉だから、後世に伝わったのである。

世界的に有名な物理学者のアインシュタイン（一八七九〜一九五五年）が一九三〇年代にパリ大学で講演を行った。アインシュタインは、こう言った。

「もし私の相対性理論が正しいと証明されれば、ドイツは、私をドイツ人であると宣言するでしょう。フランスは、私のことを国際人と呼ぶに間違いありません。しかし、もし私の理論が間違っていたとなったら、フランスは私がドイツ人だと強調するし、ドイツは私をユダヤ人だと決めつけることでしょう」

アインシュタインが相対性理論の講演をするために、車に乗ってある大学に向かった。運転手が、「博士、私はあなたの相対性理論の話を三十数回も聞いたから、もう暗記してしまいましたよ」と言った。すると、アインシュタインは、「そうですか。じゃあ今日は、あなたがアインシュタインになって講演してくれませんか。私は、君の帽子をかぶって、後ろの席に座っていますよ」と言った。

運転手は、みごとに講演をこなした。しかし、いままさに演壇を去ろうとした時、学校の教授から質問を受けた。すると運転手は少しも慌てずにこう言った。

「この質問は簡単すぎるから、私の運転手に答えてもらいましょう」と後ろに座っているアインシュタインを指さした。

あ る日、アインシュタインがバスに乗っていた。バスが揺れたため、彼のメガネが下に落ちてしまった。アインシュタインは懸命に探したが、なかなか見つからない。

その時、アインシュタインの向こう側に座っていた女の子がメガネを拾って、彼に渡した。

感激したアインシュタインは女の子にお礼を言った。

「可愛いお嬢さん、どうもありがとう。あなたは、何というお名前ですか」

女の子が答えた。

「クララ・アインシュタインです。お父さん」

一 九三〇年にドイツで相対性理論を批判する書物が出版された。『一〇〇名の教授がアインシュタインの誤りを証明した』というのがその題名だった。
アインシュタインはこの話を聞いて、「一〇〇名だって？　そんなに大勢いらないよ。本当に私の誤りを指摘してくれるなら、たった一人でも十分です」と言った。

ア インシュタインがはじめてプリンストン大学の自分のオフィスに案内されたとき、どんな備品が必要かと学校のスタッフがたずねた。
「えーと、机一つと椅子、それから紙と鉛筆ぐらいで十分でしょう。それと、ごみ箱も忘れずに持ってきてください。大きめのほうがいいな」

「どうして大きめなのですか?」
「私の、すべての誤りを捨てたいからさ」

スペイン人の画家ピカソ（一八八一～一九七三年）が、若いアメリカ軍人と絵の話をした。軍人は、「自分は、現代絵画は実体とかけ離れているから率直に言ってどうも好きになれない」と言った。ピカソは黙って聞いていた。

そのあと、軍人が自分のガールフレンドの写真を取り出し、ピカソに見せた。すると、写真を手にしたピカソは、わざと驚きの表情を見せて「あれ、あなたの彼女は、そんなに小さかったのですか」とつぶやいた。

第二次世界大戦時、ドイツ軍の兵士たちがパリにあるピカソ美術館によく出入りした。ある日、兵士たちが『ゲルニカ』というピカソの作品の前で立ち止った。この絵には、スペインのゲルニカという小さな村がドイツ軍によって徹底的に爆撃され、壊滅した悲惨な状況が描かれていた。

この絵を指でさし示しながら、ドイツ軍兵士がピカソに聞いた。
「これは、あなたの傑作ですか?」
ピカソが答えた。「いいえ、これはあなたたちの傑作です」

イギリスの有名な作家サマセット・モーム（一八七四～一九六五年）は、ベストセラー作家になる前は、生活に非常に困っていた。せっかく本を書いても、まったく売れない。

そこで、モームは一計を案じ、新聞に次のような求婚広告を打った。

「私は音楽とスポーツが大好きで、やさしい金持ちの若者です。私は、モームさんが書いた小説中の人物と同じ性格を持った女性と是非とも結婚したいのです。ご連絡をお待ちしております」

数日後、ロンドンのすべての本屋でモームの本が売り切れたという。

ドイツ人詩人のハイネ（一七九七～一八五六年）はユダヤ人だった。

ある晩餐会で、旅行家がこう言った。「僕はある島を発見したのだが、不思議なことに、この島にはユダヤ人とロバがいないのだ」すると、周囲の人々は大笑いした。

そのときハイネは少しも慌てず、「それなら、僕が君と一緒にその島に行けば、この問題は解決するね」と、冷静に言い返した。

イギリスの作家のディケンズ（一八一二～一八七〇年）が、ある日川で釣りをしていた。そこへ面識のない人が近づいてきた。

「どうですか、釣れましたか？」

ディケンズが答えた。「今日はぜんぜんだめですね。昨日はよかった。一五匹も釣れたんですよ」

するとその人は、「私が誰だかお分かりですか？　私はこの川の管理人です。ここでは釣は禁止されています。ルール違反の人から罰金を取るのは私の仕事です」と言いながら、ポケットから罰金の請求書を取り出した。

罰金と聞いてもディケンズは慌てずに反論した。「私が誰だかお分かりですか？　私は作家です。架空のことを言うのが私の仕事です。さきほど私が言ったことは架空の事実です」


パリのデザイン会社がデザイナーを募集していた。応募の条件は、スケッチ一枚と自由課題のデザイン画一枚だった。

数日後、ロダン（一八四〇～一九一七年）の応募書類が届いた。しかし、スケッチはあったが、デザイン画は見当たらなかった。封筒の隅から隅まで探した結果、一枚の小さい紙が発見され、紙にはこう書いてあった。

『私の図案デザインは、封筒に貼ってある偽造切手です。郵便局には大変申し訳ないと思っています』

真珠湾事件のあと、日本に報復するため、アメリカ第三十二代大統領のフランクリン・ルーズベルト（一八八二〜一九四五年）がある軍事作戦を密かに計画した。

それに気づいたルーズベルトの親友が、この作戦についてくわしく聞きだそうとした。するとルーズベルト大統領は、その親友に「あなたは、秘密を守ることはできますか」と聞いた。「もちろんできますよ」と親友が答えると、ルーズベルトは「私もです」と言った。

ある日、イギリス首相のチャーチル（一八七四〜一九六五年）は、政治家になるための条件は何かと聞かれた。そこで、チャーチルは「政治家は明日、来月、または来年に何が起きるかを予言できなければならない」と答えた。

「もし、予言がはずれた場合はどうするのですか」とさらに聞かれたチャーチルはこう言った。「そのときは、どこかから理由を一つみつければいいのだ」

イギリス首相チャーチルの七五歳の誕生日パーティで、若い新聞記者がチャーチルにこう話しかけた。「首相、来年の誕生日パーティも無事に開かれるといいですね」

チャーチルは記者をみて肩を軽くたたきながらこう言った。「あなたはそんなに若くて体も丈夫そうだからまったく問題ないでしょう」

イギリスの首相チャーチルを乗せたタクシーがイギリスの議会議事堂の前に止まった。チャーチルは、降りるとき運転手に「ここで一時間ぐらい待っててくれないかな」と頼んだ。

「だめですね」と運転手はにべもなく拒否した。「私は急いで家へ帰らなきゃいけない。ラジオでチャーチル首相の演説を聞きたいからね」

これを聞いたチャーチルは、いたく感激してチップをたくさんやった。すると、運転手の態度がコロリと一変した。「お客さん、私の考えは変わりました。私はここで待ちます。もうチャーチルなんかどうでもいいさ」

クラックは有名なドイツ人のピアニストだ。

富豪のフッガーの好意をむげに断れず、ある日フッガーの家に招待され食事を共にした。フッガーはむかし靴屋の修理工だった。食事の後、ぜひ一曲とリクエストされたクラックは、ピアノの演奏を披露した。

数日後、答礼として、今度はフッガーがクラックの家に招待された。食事の後で、クラックが靴を持ち出した。戸惑ったフッガーに、クラックが言った。「先夜は、私のピアノ演奏と引き換えにあなたにご馳走になりました。そこで今夜は、あなたに靴を修理していただくためにご馳走したのです」

ス

ペンサー・ジョンソンは『チーズはどこへ消えた?』を書いたことで、一躍有名になった。

ある日、彼はニューヨーク五番街にある小さな本屋を訪れた。彼がやってくるのを事前に知った本屋の店長は、彼への敬意を表するため、店内をすべて彼の本で飾った。

本屋に入ったジョンソンは、不思議に思って聞いた。「僕が書いた本ばかりだな。その他の本はどこへ消えたの?」

「その他の本ですか? ……全部売り切れました」と、店長が答えた。

ク

リントン元アメリカ合衆国大統領夫妻が、鶏の養殖場へ視察に行った。

一匹の雄鶏が一日に五〇回もセックスすることができると聞いたヒラリー夫人が、側近に「この話を大統領に報告しなさい」と指示した。

しばらくして、戻ってきた側近が、大統領の言葉を夫人に伝えた。「この雄鶏は、毎回違う相手とセックスしているそうです」

中国の毛沢東主席（一八九三〜一九七六年）は、歯磨きをしないことで有名だった。医師がいくら薦めても、毛沢東は歯磨きをしなかった。そしてその理由を問われた毛沢東はこう言った。

「トラは歯磨きしなくても、歯は大変丈夫ではないか」

アメリカのジョージ・C・マーシャル将軍（一八八〇〜一九五九年）はパーティが終わった後、若い女性を家まで送ろうと申し出た。この女性の家は、それほど遠くなかったのに、なぜか車は一時間以上かかっても女性の家に辿りつかなかった。

それで彼女は「あなたはここへ来たばかりなんでしょう？　このへんの道がよくお分かりならないようですね」と言った。

するとマーシャル将軍は、「そんなことはありません。もしこの付近の道がよく分らなかったら、一時間以上も運転していれば一度くらいはあなたの家の前を通るはずですからね」と言って笑った。

この女性がのちにマーシャル夫人となった。

サラ・ベルナール（一八四四〜一九二三年）は十九世紀後半のフランスの女優で、その美しさは男性たちを魅了した。

彼女は晩年にパリ市内の高層マンションに住んでいたが、依然彼女のファンは数多く、訪ねて来る人が後を絶たなかった。

ある日、遠くからファンがやって来たが、エレベーターが故障のため、上層階まで階段を歩いて登った。息を切らせたファンが、あえぎながら彼女にたずねた。「サラ夫人、どうしてそんな高いところに住んでるんですか?」

ベルナールは、笑いながらこう答えた。「男たちの心臓の鼓動を加速させるためには、いまの私には、この方法しかないのです」

ア

ルトゥール・ルービンシュタイン(一八八七〜一九八二年)はポーランド人のピアニストである。

ある日、劇場で彼の演奏会が開かれた。演奏会が始まる前に、ルービンシュタインはホールの前に立って、観客が入ってくるのを見守っていた。劇場のスタッフは、ルービンシュタインを切符のない観客だと勘違いして「お客さん、今日は満席になったので、もう座れるところはありませんよ」と言った。するとルービンシュタインは、「そうですか。それなら、ピアノの前になら座ってもよろしいでしょうか」と聞いた。

飛行機を発明したアメリカのライト兄弟は、大勢の人の前で話すのはあまり得意ではなかった。

パーティなどでスピーチを求められても、いつも以下の一言しか言わなかった。

「私が知る限り、飛行する動物のなかで、話ができるのはインコのみです。しかし、残念ながらインコは高く飛べないのです」

イギリス女王がグリニッジ天文台を訪問した時、女王は天文台長を務める天文学者のジェイムズ・ブラッドリイさんの給料が非常に低いことを知り、彼の給料をあげるべきだと言い出した。

しかし、ブラッドリイさんは自分の昇給に強く反対した。彼はこう言った。「もし、このポストにいることで高い給料をもらえるようになったなら、今後このポストは学者のものではなくなります」

名探偵ポワロを主人公とする数多くの推理小説を書いたイギリスの女性作家アガサ・クリスティ（一八九〇～一九七六年）は生涯に二度結婚したが、二度目の相手は考古学者のマックス・マローワンという人物だった。クリスティと夫が中東旅行からイギリスに戻った時、記者たちに二度目の結婚の感想を聞かれた。

クリスティは、「考古学者は女性にとって、もっとも理想的な相手です。相手の女性の年齢があがればあがるほど、考古学者はさらに興味を示してくれるからです」と言った。

イギリス人作家のアガサ・クリスティは、ある日、田舎への旅行からロンドンへ戻ってきた。

クリスティは列車から降りてタクシーに乗り、ロンドン中心部にあるホテルに着いた。タクシー代を受け取った運転手が、笑顔で「ありがとう。クリスティさん」と言ったので、クリスティはびっくりしてたずねた。

「あなたは、何で私がクリスティだと分かったのですか？」

「まず昨日の新聞に、あなたが今日南の田舎からロンドンへ戻ると書いてあった。そして、あなたの列車は南から来た。あなたのヘアスタイルも南風だし、皮膚の色をみても、田舎から来たに違いないと思った。そして車の中でのあなたの言動から、あなたが作家であることを確信した。これらの情報を総合して判断すると、あなたはアガサ・クリスティに違いないと思ったのさ」

「これは、すごい！」と、クリスティは脱帽した。「あなたは、私が創造したポワロ探偵といい勝負になりそうだわ」

すると、調子に乗った運転手が付け加えた。「それともうひとつ。あなたのバッグに書いてあった名前は、私の推理にかなり役立ったね」

トーマス・エジソン（一八四七〜一九三一年）は世界的に有名な発明家だ。

ある日、エジソンはパーティに出席したが、そのようなパーティは時間の無駄だと気づき、脱出の方法を考えた。ちょうどそのとき、パーティの主催者が近寄ってきた。主催者は「エジソンさん、ご出席ありがとうございます。そのお顔の表情では、また何かを発明されたのではないでしょうか？」と興奮気味に問いかけた。

するとエジソンは「なに、いまね、このパーティから帰る道を発明しようとしているところさ」とすまして答えた。

発明家のエジソンは、自分の着る服のことなんか全然気にしない人であった。彼が成功を手に入れる前のことだが、ある日、ニューヨークの街で友人と出会った。

友人が言った。「エジソンさん、あなたが着ているコートはもうボロボロでしょう。新しいものにしたほうがいいですよ」

するとエジソンは、こう答えた。「その必要はまったくありません。ここには、私の知り合いは一人もいませんからね」

数年後、エジソンは発明家として有名になった。ある日、またあの時の友人とニューヨークの街で出会った。

友人は「あらエジソンさん、あなたはまだそのボロボロのコートを着てるんですか。もういい加減で新しいものに変えないとだめですよ」と叫んだ。

するとエジソンは、依然として取り合う様子もなくこう言った。「その必要性はまったくありません。ここでは、誰もが知り合いですからね」

ある時、エジソンはこんな質問を受けた。「あなたは電灯の製造にずっと失敗し続けているのに、どうしてまだ頑固に挑戦しつづけているんですか?」

エジソンはこう答えた。「失敗ですって? 私は、一度も失敗なんかしたことはありません。私は、三〇〇種にものぼるこの種の材料では、絶対に電灯を製造できないということを発見したのです」

エジソンは、いつも彼の別荘に友人を招待していた。

この別荘には、エジソンが発明した様々な便利な品物や設備がどっさり置かれていた。しかし、別荘への訪問客がドアを開けようとすると、そのドアは重く、大の男でも開けるのにかなりの力を要した。友人が、なぜもう少し軽くて楽なドアを取り付けなかったのかとエジソンに聞くと、エジソンは笑いながら言った。

「ここに来る皆さんがドアを開いてくれるお陰で、屋根の上に置かれている水箱に毎回八ガロンの水が入るのです」

南

アフリカは黒人主体の国家だが、長きにわたって白人が統制支配していた。民族の対立や人種の紛争問題がいつも国際社会でクローズアップされてきた。デスモンド・ツツ大主教はそれらの問題解決に大きく貢献したことで、一九八四年にノーベル平和賞を授与された。


さて、そのツツ大主教はスピーチがうまいことで定評がある。八四年の冬、ツツ大主教はニューヨークで講演して、次のように聴衆に訴えた。

「白人宣教師がアフリカにはじめてやってきた頃、彼らの手元には旧約聖書、我々の手元には土地があった。次に、宣教師が『神に祈りましょう』と言うので、我々は目を閉じて祈り始めた。しばらくして目を開いてみたら、状況は一変していた。我々の手元には旧約聖書、彼らの手元には土地があったのだ」

ス

ペイン人の作曲家サラサーテ（一八四四〜一九〇八年）は、ファンたちが自分の銅像を作るという話を耳にした。銅像の費用はいくらかかるかをサラサーテがたずねたら約一〇〇〇〇ペセタだという。それを聞いたサラサーテは、「それなら、私本人が像になって立っていますから五〇〇〇ペセタ私にください」と言った。

なりたての画家が、ドイツの著名な画家アドルフ・メンツェル（一八一五～一九〇五年）に、こう訴えた。「私が一枚の絵を完成させるには一日もあれば十分ですが、しかしその絵を売るには、一年以上もかかってしまうんですよ」

話を聞いたメンツェルはこう言った。「やり方を逆にしてみてください。もしあなたが一幅の絵を一年がかりで描きあげたなら、その絵は、たぶん一日で売れるでしょう」

学者とは、どんな場合にでもついつい専門用語が出てしまう人種らしい。

一九六三年二月のある日、ワシントンのホワイトハウスで盛大な授賞式が行われた。アメリカ人の航空学者ファン・カーモンがロケットと宇宙分野において多大な貢献をしたことに対して、アメリカ政府が国家科学賞を授与することになった。

当時カーモンはすでに八二歳の高齢で、しかもひどい関節症を患っていた。授賞式場で、彼が最後の階段を登りきろうとした時、バランスを崩してあやうく転びそうになった。その瞬間、ケネディ元大統領がすばやく彼に手を差し伸べて事なきを得た。そこでカーモンは大統領に次のような感謝の言葉を言った。

「ありがとう、大統領。物体が落ちてきた時に、推進力は必要としません。上昇する時には必要としますが…」

ある日、イギリスのビクトリア女王がご主人と喧嘩した。ご主人はひとりで寝室に戻った。女王も寝室に戻ろうとして、ドアをノックした。

中にいるご主人が「誰だ」と言った。ビクトリア女王は威厳にみちた声で「女王だ」と答えた。しかし部屋の中は静かで、いつまでたってもドアを開けてくれる様子はなかった。

仕方なく、女王は再びノックをした。

中からまた「誰だ」という声が聞こえた。「ビクトリア」と女王が言った。しかしドアは依然として開かれない。

女王は再度、ドアをノックした。「誰だ」と中から声が聞こえた。

「あなたの妻です」と、女王がやさしく言うと、今度はドアが開いた。

バーナード・ショウ（一八五六～一九五〇年）は、アイルランド人の作家だ。

あるパーティで、太った富豪夫人がショウに話しかけた。

「ショウさん、痩せるために一番効果的な薬をご存知なら教えていただけません？」

ショウは、手でヒゲをなでつけながら、慎重に答えた。

「私はある薬を知っていますが、その薬の名前をあなたに正確にお伝えできないのが残念です。なぜなら〝仕事をする〟と〝運動する〟、そのふたつの言葉は、あなたにとってはまるで外国語だからです」

ある日、ショウがロンドンの町を歩いていた。

突然店から出てきた人が勢いよくぶつかったので、ショウはその場で倒れ、一瞬意識まで失った。しばらくして意識が戻ったショウは、恐縮して心配するその人に、こう言った。

「いやあ、あなたはアンラッキーでしたね。もし、さっき私が死んでしまっていたら、あなたはバーナード・ショウを事故で死なせた当事者として、一躍有名人になれたのにね」

ある人が自分の書いた処女作をショウに読んでもらった。

ショウはその作品を読んだあと、こう言った。「将来あなたが私と同じぐらい有名になった時なら、これぐらいの作品でも、ぜんぜん問題ないです。ただし、いまは、もうちょっといい作品を書かないとね」

イギリス人の植物学者ジョン・ヒール（一七一六～一七七五年）は、ロイヤル・アカデミーへの入会が許可されなかったことに不満を持ち学会員をからかってやろうと思った。

ある日、彼は地元のポーツマスから学会に手紙を送った。手紙には、奇跡とも思える事例が書かれていた。すなわち、ある船乗りが船の帆柱から落下したために完全に足が折れてしまった。医者がある種の油を使って折れた足を繋げたところ、船乗りは三日後にまた歩けるようになった、というのである。

この報告は学会の注目を集め、連日にわたって議論がなされた。その数日後に、ジョン・ヒールからまた手紙が来た。手紙にはこうあった。「誠に申し訳ありませんが、復元した足は木で作られていたことを言い忘れていました」

アメリカ合衆国の第三十代大統領はジョン・カルビン・クーリッジ（一八七二〜一九三三年）である。彼はまもなく任期が満了になる頃、国会でこう漏らした。

「私は、この種の仕事をもう続けたくありません」

記者たちがしつこくその理由を問い詰めたので、クーリッジはこう答えた。

「大統領には、もう昇進するチャンスはまったくありませんからね」

アメリカ合衆国の第十六代大統領は、エイブラハム・リンカーン（一八〇九〜一八六五年）である。彼の学生時代に先生が試験を行った。

「あなたは難しい問題一問を答えるか、またはやさしい問題二問を答えるか、どちらを選びますか?」

「難しいほうをお願いします」と自信満々のリンカーンが言った。

「では問題です。卵はどこから来ましたか?」

「にわとりから生まれました」

「それでは、にわとりはどこから来ましたか?」

そこでリンカーンが言った。

「先生、これは第二問になります」

アメリカのリンカーン大統領がある日自分で靴磨きをしていたが、その姿を政敵に見られてしまった。政敵はこのリンカーンの行動を見逃さず、嘲笑した。

「大統領、あなたは自分で自分の靴を磨くのですか?」

そこでリンカーンはこう反論した。「そうです。そう言うあなたは、いつも誰の靴を磨いているのですか?」

アメリカ合衆国第四十代大統領は、ロナルド・レーガン(一九一一〜)である。彼はカナダを訪問した時、ある都市で講演を行ったが、反米感情を持つ一部の聴衆が、講演中にときどきブーイングを行った。カナダの首相ピエール・トリュドーは、自国民のそのような行動を非常に恥ずかしがった。しかしレーガンは余裕をみせて、こんな解釈を披露した。

「そのような反応は、アメリカではしょっちゅう起こります。もしかすると、彼らはアメリカから貴国にやってきて、私にまだアメリカにいるときのような安心感を与えようとしているかもしれませんね」

レーガンのこの言葉を聞いて、トリュドーの表情にようやく笑みが戻った。

レーガン元大統領は、訪問先のオレゴン州に着いた時、出迎えた人々にこう言った。

「私は、非常に仕事熱心な私のアシスタントから、オレゴン州へ訪問するよりワシントンに残ったほうがいいというアドバイスをもらいました。それで私は、彼らに失望をさせないためにこう言いました。『よし。それでは美しいオレゴンへ行くのか、ワシントンに残るのかを、コイン投げで決めよう』と。結局、彼らを納得させるまで、なんと十四回もコイン投げをやりました」

レーガン元大統領がある演説を行っている最中に、突然夫人のナンシーさんが座った椅子と一緒に転んでしまった。観客席から驚きの声が沸き起こった。しかし、ナンシーさんは無事に立ち上がって、数百名にものぼる観客からの万来の拍手の中で、無事に席へ戻った。

夫人が大丈夫だったことを確認したあと、レーガンはこう言ってまたもや聴衆の拍手喝采をもらった。

「ダーリン、あなたは約束してくれたではないか。私の演説に拍手をもらえなかった場合にのみ、そのように演出すると」

アメリカ人作家のマーク・トウェイン（一八三五〜一九一〇年）がデビューしてから、たくさんの人々が彼と顔が似ているといって自慢した。

マーク・トウェイン宛てに毎日たくさんの手紙や写真が送られてきて、自分の顔はマーク・トウェインに似ているかどうかを聞いてくる。そこで彼はいつもこのように返信した。

『拝復　お手紙やお写真をありがとうございます。あなたの見解通り、あなたの顔はその他の誰よりも、私に似ていると私は思っています。さらに付け加えますと、あなたは私本人よりも私に似ています。それで毎朝私はヒゲを剃るときに、鏡が見つからない場合、あなたの写真を鏡の代わりに使わせていただいています。敬具』

アメリカの石油王のジョン・D・ロックフェラー（一八三九〜一九三七年）は、出張にでかけホテルに泊まる時には、いつも安い部屋を頼んでいた。そこでホテルの支配人がその理由を聞いた。

「ロックフェラーさん、あなたの息子さんはいつも高級スイートルームに宿泊しておられましたが、あなたはどうしていつも安い部屋しか利用されないのですか？」

そこでロックフェラーは、こう答えた。「彼には億万長者のお父さんがいるけれど、残念ながら、私にはいないのだ」


ロックフェラーの友人が困っていた。ある男に五〇〇〇ドルを貸したが、なかなか返してくれない。借入の証拠となるものは何もないので、どうすればいいか分からないという。

相談に乗ったロックフェラーが言った。

「簡単です。督促の手紙を出して、一万ドルを返してくれと言えばいい」

「しかし、彼には五〇〇〇ドルしか貸していませんが」と友人が言った。

「そうです。彼がそのように言ってきた時に、あなたが貸した証拠が得られるのです」

ナ

ポレオン・ボナパルト（一七六九～一八二一年）が、自分の秘書にこう言った。

「あなたは私のお陰で、今後有名になりますよ」

秘書が笑って、反問した。「アレクサンダー大王の秘書は誰だか覚えている人がいるでしょうか？」

ナポレオンは、一瞬言葉を失ったが、すぐに秘書を褒めあげた。「それは、じつにいい質問だ！」

ド

イツ皇帝のヴィルヘルム二世（一八五九～一九四一年）が、軍艦を設計した。設計図にはこう書かれていた。

『私は数年間にわたって徹底的に軍艦の研究を行い、その研究の成果を踏まえて、この軍艦を設計したのである』と。そしてヴィルヘルム二世は、国際的に有名な造船専門家にこの設計図の鑑定を依頼した。

数週間後、専門家たちから送られてきた鑑定書には、こう書かれていた。

『この軍艦は、堅固な艦体と絶大な戦闘能力を兼ね備えており、また非常にいい形状に仕上げてあります。したがって、史上最強の艦船と言っても過言ではありません。スピードにおいては、あらゆる軍艦より速いし、装備についても、いままでのあらゆる軍艦を圧倒していいます。帆柱は世界一高く、砲弾の射程距離も世界一長いはずです。艦内の設備については、格段に豪華で、誰もが優雅な船上生活を送ることができます。惜しむらくは、唯一の欠点は、入水ができないことです。水に浮かべようとすると、鉄で作られた鴨と同じように、沈んでしまいます』

旧

ソ連の共産党大会で、第一書記を務めるフルシチョフ（一八九四〜一九七一年）がスターリン路線を激しく批判していた。その時、演説台の下から質問がとび込んできた。

「フルシチョフ同志、当時あなたもスターリンの同志だったんでしょう。あの時に、なぜ彼の誤りを阻止しなかったのですか」

「誰がこんな質問をしたのだ！」

フルシチョフがテーブルを激しく叩いて、怒った。会場には一瞬緊張が走り、静かになり、誰も動かなかった。しばらくして、フルシチョフが低い声でその静けさを破った。

「いまので、なぜかが分ったでしょう」

二

ユーヨークを訪問したローマ法王は、新聞記者たちの質問の落とし穴にはめられないよう、非常に警戒していた。

飛行機を降りた法王は、いきなり新聞記者にこう聞かれた。「法王さま、ニューヨークのナイトクラブに行ってみたいと思ったことがありますか?」

そこで法王は「ニューヨークには、ナイトクラブってあるのですか?」と慎重に答えた。

翌日の新聞は、一面トップで次のように報道した。

『法王が飛行機から降りた時、まず記者たちに聞いたのは、「ニューヨークには、ナイトクラブってあるのですか?」だった』

アイディア編

ビジネスの成功の秘訣は、意外なところに眠っている。ちょっとしたアイディアや古人の知恵から突破口が生まれる。

商店街に三軒の店が並んでいる。

一軒目の店には、客の関心を引き寄せるため、こう書いてあった。「大出血サービス！　最後のチャンス！」

二軒目の店も、当然負けてはいられない。「日本一安い！　お見逃しなく！」と書いてあった。

三軒目の店は、他の二軒とどうやって競争するのだろう。そこにはこう書いてあった。「入り口はここです」

社長が新たに抜擢された専務にたずねた。「マネージャーたちを集めて定例会を開いても、みんなこっちの話を全然聞いていないようだ。何かいい方法がないかなあ」

「それは簡単です」と、自信満々の専務が言った。「会議を開始する時に誰が議事録をメモするかを指名しないで、会議の終了間際に指名すればよいのです」

ある企業が公認会計事務所を選ぶため、会計士たちを順番に呼んで、面接していた。

社長が会計士に質問した。「二〇〇万円足す二〇〇万円でいくらになりますかね」

二人の会計士が、いずれも四〇〇万円と答えた。

しかし三人目の会計士は、みんなと違う行動を取った。彼は、まず立ち上がって、ドアをしっかりと閉め、社長に近づき、「いくらにしてほしいのですか」と聞いた。
三人目の会計士が合格した。

セールスマンが客に売った土地が水びたしになった。セールスマンは申し訳ないと思って、「お客さんに返金しましょうか？」と社長に申し出た。
すると社長が怒った。「何？　返す？　お前は何を寝言を言ってるんだ。あの客に、大至急ボートを売りつけるんだ」

ある企業で広告についての打ち合わせが行われた。
企業側広報の担当者：「わが社の広告を、すべての女性に見てもらいたいのですが…」
広告代理店の担当者：「いい方法があります。彼女たちのご主人宛てに手紙を出して、封筒に〝親展、取り扱い注意〟と手書きするのです」

「女房の誕生日にどういうプレゼントをすればいいのかなあ。金はかけたくないし、喜んでもらわないと困るし…。ああ難しいなあ」
「それなら、いっそ匿名のラブ・レターを送ってみれば…」

あ る生命保険会社の宣伝文句はこうだ。
「さあみなさん、生命保険に入りましょう。もしも手が折れたら一五〇万円もらえます。足が折れたら一〇〇〇万円もらえます。もしも首が折れたら、あなたは億万長者です」

成 功した社長が、雑誌の編集長にその秘訣を披露した。「私は、給料は仕事においてあまり重要な要素ではないという確固とした信念を持ち続けてきました」

社長は続けた。「仕事に全力投球で取り組み、才能を十二分に開花させれば、金銭より遥かに大きな満足感が得られます」

「なるほど。あなたは、ずっとそう思い続けたから成功したのですね」と、編集長がたずねた。

「いいえ、わが社の社員たち全員をそのように意識づけてきたので、私は成功したのです」

香 港のペニンシュラホテルで、珍しい事件が起きた。
ペニンシュラホテルのロビーには、コーヒーショップがある。金持たちがここでコーヒーを飲みながら、ビクトリア港の眺望を楽しんでいた。ところが、一人の若い女性が、胸も露に赤ちゃんへの哺乳を始めたのだ。

一流ホテルの雰囲気が乱れると思ったウエイターが慌てて近づき、やさしい声で、「奥様申し訳ありませんがお手洗いをご利用願えませんか」と言うと、女性が怒った。「食事をトイレでするホテルって聞いたことないわ」

ウエイターは無言で退いた。

今度はウエイターの話を聞いたマネージャーが近づいてこう言った。「すみません、奥様。ここでは、持ち込み食品の飲食は禁止されております」

メ

ガネショップでの会話。

店長が、新入店員に値段の付け方を教えている。

「お客様からこのメガネはいくらかと聞かれたら、とりあえず『七五ドルです』と答えなさい。そして、お客様に買う気持があって目がキョロキョロ動いているのであれば、続いて『これはフレームの価格です。レンズは五〇ドルです』と言いなさい。そして、もしお客様の目がなおもキョロキョロ動いているなら、『片方で』と強気で押しなさい」

創

業者が、息子に秘伝を伝授している。

「成功するためには、誠実と知恵が必要だ」

「誠実とは何ですか?」と、息子が父にたずねた。

「誠実というのは、約束を守ることだ」

「では、知恵とは何ですか？」

「知恵というのは、約束をしないことだ」


会社はリストラを敢行していた。社長は対象社員にリストラを言い渡すために、慎重に言葉を選んだ。

「小林さん。我々の職場に君がいなかったらどうなるかは、いままで分からなかった。来週から試してみようか」


将軍のアンリヤンノーフ氏は、賭博で負けた。ヤケクソになってお酒を飲み、酔っ払った挙句にこう言った。「ロシア皇帝ニコライ二世は、僕のお尻の下にいるんだよ」

彼は宿敵に密告され、ただちに軍事法廷の場に立たされた。

法廷で審議した結果、彼の有罪が確定したが、この事件をどう報道するべきかで記者たちは悩んだ。なぜなら、この判決を報道する際に、彼の言葉をそのまま引用する訳にはいかないのだ。悩みに悩んだ挙句、ある夕刊紙の記者の書き方が広く採用されるようになった。

夕刊紙の記者はこう書いた。『今日午後、軍事法廷はアンリヤンノーフに二年の実刑を言い渡した。彼は、軍事秘密とされているニコライ二世皇帝殿下のご住所を外部に漏らしたことで、国家の安全保障を著しく損なった』

隣のおじいさんは結婚してから三〇年になるが、夫婦仲がよくて、喧嘩したことはないという。ある日、おじいさんがその原因を教えてくれた。

「私が結婚した時に、先輩からこう教えられた。

『奥さんの欠点やミスを許してあげなさい。欠点やミスがあったからこそ、彼女は理想的な相手に出会えなかったのだから』

私はこの言葉をずっと胸に刻んできた」

老人が店に入って、補聴器の値段を尋ねた。

「一ドルから二五〇ドルまで、いろいろあります」と店員が答えた。

「二五〇ドルのは、どんな商品なのですか？」

「三ヶ国語を訳してくれます」

「一ドルのものは？」

「ボタンひとつに線を繋いだものです」と言いながら、店員が商品を取り出して見せた。

「これは、補聴器機能があるのですか？」

「ありません。しかし、ボタンを耳にかけ、線をポケットに入れておけば、不思議なことにみんなの声が大きくなるのです」

経済学部の教授が、学生に質問した。「失業問題を解決するために何かよい方法が考えられますか」

「先生、こういうのはどうでしょうか。男の人と女の人をそれぞれ別のふたつの島に送るのです」

「ほう、それはまたどうしてかね？」

「彼らは、きっと必死になって大量の船を製造すると思うんです」

友達が以下のような重宝なやり方を教えてくれた。

もし来客があったら、コートを手に持ってからドアを開ける。そして嫌な客だったら、こう言う。「いまちょうど外出しようとしていたところなんです。申し訳ないがまた来てくださいね」

大歓迎の客の場合は、「私もいま帰ってきたばかりです。どうぞお入りください」と言えばよいのだ。

百科辞典を外商する若くてきれいな女性が、ものすごく優秀な営業実績をあげた。その秘訣が営業会議で紹介された。

「非常に簡単なんです」と、女性がそのノウハウを紹介した。「まず訪問するのは、夫婦双方の在宅時を選ぶべきです。訪問したらご主人に向かって商品内容を説明し、それから一言付け加えます。

『この商品は急いで買われる必要はありません。私が次回また来ますので、その時でも結構です』とね。するとほとんどの奥さんが、すぐに買うと言い出します」

会社の営業会議で、営業マンがお互いの営業ノウハウを公開しあった。

ある営業マンはこんな話を披露した。「主婦がドアを開けた時に、まずこう言います。『お嬢さん、お母さんはいらっしゃいますか?』」

国民性編

東は東、西は西。お国が違えば、文化や制度や風習も異なる。しかし、一皮むけば、われらみんな同じ地球人。

中

国の官僚たちの腐敗は、想像を絶するものがある。

A市の市長がB市の市長の家を訪ねたとき、B市長の家の豪華さに驚いて、どうやってこんなに金をかけることができたのかとたずねた。

するとB市長は、窓の外を指さして、「あの橋が見えるかね?」と聞いた。たしかに立派な橋が見えたが、A市長にはB市長の発言の真意がよく分からなかった。B市長が続けた。「あの橋を造る予算の十分の一を、この家に使ったのだ」

数ヶ月後、B市長はA市長の自宅を訪れた。今度はA市長の家の豪華さにB市長が圧倒され、「どうやってこれを?」と聞いた。

A市長は、窓の外を指して「あの橋が見えるかね?」と言った。B市長は戸惑った表情で、「橋だって、そんなもの、どこにあるの?」と訝しげに言った。事実、誰の目にも橋は見えなかった。

A市長が言った。「もちろん橋なんかある訳がないさ。あの橋を作る予算の一〇〇パーセントの費用をこの家に使ったんだからね」

結

婚日の翌朝、世界各国の新婦は、まずこう言うらしい。

ドイツの新婦:「ハンス、よく眠れた?」

日本の新婦：「もしなにかお気に召さないことがあったなら、大変申し訳ありません。今後ともよろしくお願いします」
中国の新婦：「一生、私を愛してね」
フランスの新婦：「ダーリン、私は美しい？」
アメリカの新婦：「どんな感じだった。お金に換算したら一晩でいくらになるかしら？」
イギリスの新婦：「あなた、我々の子供は将来どっちに入学させる。オックスフォード、それとも、ケンブリッジ？」
イタリアの新婦：「おおアントニー、まだ生きてる？」

アメリカ、旧ソ連、中国の三ヶ国の警察官たちが、どの国がナンバーワンの実力を持っているかを試す実験をひそかに行った。

そのために、逃がしたうさぎをどうやって捕捉するかという国際競技が、山の奥地で行われた。

最初に登場したのは、旧ソ連のＫＧＢだ。彼らは、ＫＧＢらしい荒っぽい捜査をはじめた。木を切ったり他の動物を撃ったりして大騒ぎしたが、結局時間切れでうさぎを見つけ出すことはできなかった。

次に登場したのは、ＦＢＩだ。彼らは、さすがにＦＢＩらしく頭を使った。穴に火をつけ、うさぎが耐えられなくなって出てくるのをいくつかの出口で待っていた。しかし、予想もしなかったことだが、うさぎは別の穴を掘って逃げてしまった。

最後に、中国の武装警察官が登場した。彼らは、山の奥までうさぎを追って行ったが、しばらくして何故か熊を捕まえて引き上げた。熊は可哀想にひどく殴られて傷だらけだった。熊は泣きながら「皆さん、もうぶつのはやめてください。私がうさぎです。あの逃げたうさぎが私です」と言い続けるのだった。

旧ソ連時代、外国からの観光客に対して、ガイドさんは自国経済の将来について次のように紹介していた。

「二〇〇〇年ごろになれば、モスクワに住む住民の半分以上が自家用の小型飛行機を持つようになるでしょう」

観光客が質問した。「住民たちが飛行機を持ってどうするのですか？」

ガイドさんが答えた。「そうなると便利でしょ。例えばスターリングラードで大量のパンを売り出すと聞いたら、飛行機に乗って現地に一番乗りして、列の先頭に並べるでしょ」

フランス人とアメリカ人が雑談をした。
フランス人：「わがフランスの国旗は面白い。我々納税者の感情をうまく表現している。青は我々が納税通知書を受け取ったときの顔の色だ。白は納税通知書を読むときの顔の色で、赤は税金を納めるときの怒った顔の色だ」
アメリカ人：「我々アメリカの国旗はもっと面白いさ。納税通知書を受けたときのショックを表現するため、国旗に星をたくさん描いてある。まるでパンチを受けて目が眩んだときの状況そのものさ」

イギリス、アメリカ、日本、ロシア、フランスの五ヶ国からそれぞれ女性一名、男性二名を宇宙旅行に送り出した。

乗っていた宇宙船が小さくて、一ヶ国当たり一部屋しか割り当てられなかった。そして、夜になった。

イギリスの場合、部屋のドアの外に、二人の紳士が布団を敷き始めた。要するに、自国の女性にベッドを残してあげた訳だ。

アメリカの場合、部屋のドアの外に、一人の男性が口にガムを噛みながら「まだか、まだか」と焦りながらうろうろしている姿が見受けられた。

日本の場合、三人でお酒を飲みながら、一晩中ずっと話をしていた。そして、朝になると、三人が枕を並べて眠っていた。

ロシアの場合、男性二人が激しく喧嘩している声が部屋の中から聞こえてきた。

対照的なのはフランスで、平和そのもの。時には、三人がベッドで遊んでいる笑い声が聞こえてきた。

ハ

ワイには、こんな話がある。強い風で、若い娘の国籍が分かるというのである。

両手で帽子を押さえているのは、アメリカ娘。彼らは開放的で、スカートの中を見られるのは平気だが、帽子をなくせばお金がかかるから大切にするのだ。

スカートを両手で押さえているのは、日本娘。とにかく他人にスカートの中を見られるのは、恥ずかしい。帽子をなくせば、また買えばいいのだ。

片手で帽子を押さえて、片手でスカートを押さえるのは、中国娘。帽子をなくすのはもったいないし、スカートの中も見せられないのだ。

イ

ギリス人とフランス人とロシア人が、楽園を描いたアダムとイヴの絵を鑑賞していた。

「彼らは、きっとイギリス人です」と、イギリス人が自信を持って言った。「イヴは、ひとつしかないリンゴを、アダムにあげたからね」

「いやいや、それは違います」と、フランス人が口をはさんだ。「二人は全裸でリンゴを食べています。これはフランス人に違いない」

「いや、彼らは絶対に旧ソ連人だ」と、ロシア人が断言した。「彼らは、着る服も食べ物もないのに、自分たちが楽園にいると思っている」

レーニン、スターリン、フルシチョフ、ブレジネフ、ゴルバチョフ、エリツィンが一緒に列車に乗って、シベリアに向けて出発した。ところが、途中で事故のために列車が止まった。

レーニンは「さあ、みんな列車から降りて、義務労働を行って鉄道を修復しよう」と呼びかけた。

スターリンは「これは反革命事件だ。警察を動員して、犯人を捕まえろ。捕まえたら、シベリアに流せ」と指示した。

フルシチョフは「これは私なんかが出る幕じゃない。後続の列車を待っている間に、問題は解決するだろう」と、慌てふためく周りを批判した。

ブレジネフは「みんなで列車を動かそうよ。動いたら、これは〝前進〟ということになるのだ。タス通信社に、『列車は全速で走っている』と報道させなさい」と解決策を示した。

ゴルバチョフは「列車を分解して、線路のあるところまで運んでから組み立て直しましょうよ」と提案した。

エリツィンは「即、外国の援助を求めましょう」と言った。

三

人が集まれば、おのずとその民族性が見えてくるという。

三人の中国人が集まれば、たちまち三軒の中華料理屋ができてしまう。中国人はみんな同じ事業を起こし、お互いに競争する。

三人の日本人が集まったら、たちどころに一つの会社ができてしまう。そして社長と営業部長と総務部長の役割分担もたちまち決まってしまう。

三人のアメリカ人が集まったら、すぐに三つの会社ができてしまう。三つの会社はそれぞれ業種が違う。人と同じことをやるのはアメリカ人は苦手のようだ。

客

船が海の中で沈没し始めた。非常事態だ。

「客に、安全胴衣を着て海に飛び込むように言いなさい。みんなしっかり頼むぞ」と、船長が部下に命令した。

数分後に、部下たちが戻ってきた。「客が飛び込みたくないって言うんです。どうしましょうか」

そこで船長が自分で出向いて説得すると、しばらくして客の全員が見事に海に飛び込んだ。

「船長、いったいどうやって説得したのですか」と、部下たちがたずねた。

「私はちょっとした心理学を使ったのだ。イギリス人には、これはスポーツの一種だよ、と言ったら、みんな海へ飛び込んだ。フランス人には、これはとてもかっこいいことなんだよ、と言った。ドイツ人には、これは命令だと言った。イタリア人には、これはキリストの教義に反してはいないと言った。ロシア人には、これは革命行動だ、と言ったんだ」

「アメリカ人には、何と言ったのですか？」

「アメリカ人には、これにはもうバッチリ保険をかけてある、と言ったのさ」

中国の農村での出来事である。

ある人が農家にやって来て、「あなたは、豚に何を食べさせているのですか」と聞いたので、「食べ残しとか、いらなくなった野菜とか」と答えると、その人は「それでは全然だめです」と言った。

「私は国民健康監視員です。あなたは、栄養分の足りないものを豚に食べさせている。その豚を国民が食べれば、どういう結果につながるか分かりますか。罰金一万元です」

数日後、今度は別の人がやって来て、また農民にたずねた。

「豚に何を食べさせているのですか?」

「えびとか、ビールとか、いいものをいっぱい食べさせていますよ」と答えると、その人は「それでは全然だめです」と言った。

「私は全国食品学会のメンバーです。わが国にはまだ満足に食事もできない人々がたくさんいます。あなたの贅沢行為は許せない。罰金一万元です」

数ヶ月後、三人目の人が農家にやって来て、前に来た二人と同じ質問をしたので、農民はこう言った。

「私は、毎日豚に一〇元渡して、何を食べるかは、豚自身に決めさせています」

バリ島へ旅行に出かけた日本人がいた。現地の人々がのんびり海のそばで寝そべっている姿を見て、怒りに駆られてこう言った。「おい、お前たちはどうしようもない奴らだな。もっと働け」

するとと現地の人が「どうして働かなくちゃならないの」と聞いた。

「働けば、金になるんだ」

「その金でどうするの」

「金があれば、いろんなことができるんだ」と、日本人が続けた。

「…例えば、自分が好きなように生活ができるしね」

「でも、いま、僕は好きなように暮らしてるよ」


幸福については、国によってそれを計る基準が違うらしい。

日本人の場合、「一日の仕事が終わって、家に帰ったとき、冷たいビールと熱いお風呂が用意されていれば、幸せだ」となる。

フランス人の場合、「出張した時、若くてきれいな女性と出会い、一緒に遊び、一緒に散歩し、一週間後に別れる。それが幸せだ」

ロシア人の場合、「朝四時ごろ、ドアを叩く音が聞こえた。開けてみたら、秘密警察が立っていて、『○○さん、あなたを逮捕します』と言う。ところが、○○さんは、隣に住んでいた。これこそが幸せだ」


中国の文化大革命の時代（一九六六～一九七七年）に、こんな話があった。

北京の刑務所に収容された三人が、自分が犯した罪について語りあった。

一人目：「私は、勤め先でいつも遅刻をしていたため、国家建設を破壊した罪人として、逮捕されたのだ」

二人目：「私は、いつも定時より早めに工場に出勤したため、国家の秘密情報を盗むスパイと疑われて逮捕された」

三人目：「私は、正確な時計を頼りに、いつも定時に出勤したんだけれど、外国時計を使っている人間は愛国者じゃないということで逮捕されたんだ」

イギリス人のガイドが日本からの観光客を引率して、ロンドンの名所を案内していた。

「これは有名なロンドンタワーですね」と、日本人観光客がたずねた。

「そうです」

「どれぐらいの時間をかけて建てたのですか」と、観光客が重ねて聞いた。

「五〇〇年ぐらいかかりました」

するとその観光客は、「あら、もし日本だったら五ヶ月で建てられたのにね」と言うのだった。

次に、一同がセント・ポール大聖堂に着いた時、またしてもその観光客が「この素晴らしい大聖堂を建てるのに、どれぐらい時間がかかったのですか」とガイドにたずねた。

「四〇年ぐらいだと思います」

「あら、もしわが国なら、四〇日間もかからないでしょう」

そのようなやり取りを交わしながら観光ツアーが続けられたが、イギリス人ガイドはその日一日じっと我慢していた。

翌日、一同が国会議事堂にやって来たとき、くだんの日本人がまたしても「ここはどこですか」とたずねたので、ガイドさんは首を傾げてこう言った。

「さあ、どこでしょうね。昨夜まで、ここに建物なんかなかったのにね」

アメリカ人と日本人が、日米いずれの国の技術が優れているか議論していた。

アメリカ人は、こう言った。「アメリカでは、最近すごい機械が発明された。生きた豚をその機械に入れて、機械を手でぐるっとまわせば、そのまま食べられるソーセージが反対側から出てくるんだ。すごいだろう」

「そんな機械は、日本ではもう古いんだ。日本には、出てきたソーセージの味が口に合わなかったら、ハンドルを逆に回せば、豚が元通りに生きたままで戻ってくる機械があるんだよ」と、日本人が自慢した。

ベトナム戦争の頃、北ベトナムには食糧が極端に不足していたので、当時の盟友であるソ連に援助を求めた。

「大至急、肉と野菜と米を一〇〇万トンずつ送ってください」

ところが、ソ連国内も食糧不足で悩まされていたために支援する力はなかった。そこで、やむを得ずソ連は次のような電報を打った。「とりあえず、ベルトをギュっと締めて我慢してください」

電報を受け取ったベトナムは、返電を打った。「了解。それでは大至急ベルトを送ってください」

ある日本人がパリの理髪店に入った。彼は日本とフランスの比較論を得意になって喋った。

「フランスは日本に比べると、だいぶ遅れてるな。日本では、いまあらゆる分野で細かく業種を分けて、それぞれの専門性を発揮させているんだ」

その話を聞いたフランス人の理容師は、日本人の顔にヒゲ剃りクリームを塗りつけると、

「お客さん、ほかの店に行ってヒゲを剃ってもらってください。近ごろ、フランスの業種分けも日本以上にきめ細かくなりました。この店は、クリーム塗りつけの専門店です」と

言った。

アメリカの女性教師が、教室で学生に質問した。「『自由を、さもなくば死を！』という有名な言葉は、誰が言ったのでしょうか」

誰からも答えがないので、女性教師は失望感を隠せなかった。だがその時、「それは、一七七五年にパトリック・ヘンリーが言った言葉です」と、なまりのある英語が聞こえてきた。

「その通りです。アメリカ育ちのアメリカ人にできなかった問題を、日本人が正解した。とても悲しいことです」

その時、教室のどこかから「日本人を殺せ」という不穏な声が聞こえた。

さすがに、女性教師が怒って声高に誰何《すいか》した。「いまの言葉は、誰が言ったのですか！」

するとしばらくして、誰かが返事した。「一九四五年に、トルーマン大統領が言った言葉です」

IT編

もっとも先端的な世界にひそむ
もっとも原始的な傾向をするどく抉る。

ロバートさんは、マイクロソフト社の清掃スタッフに応募し、窓やトイレの掃除などの実務試験と面接を受けた後、正式に採用と決まった。人事部の担当者が、ロバートさんに採用関係の資料を送るから、電子メールのアドレスを教えてくれと頼んだ。すると、彼は、「私はパソコンも持っていないし、電子メールアドレスなんかある訳がない」と答えた。

人事部担当者は、マイクロソフト社においては、メールアドレスを持たない人は存在しないも同然である、と説明し、今回の採用は取消しになる他はない、と彼に通告した。

失望したロバートさんはマイクロソフト社への就職をあきらめ、自分の全財産にあたる一〇ドルで、一〇キロのポテトを買って、一軒ずつ訪問して売り歩いたところ、二時間後に全部売り切れ、一〇〇パーセントの利益となった。これと似たような商売を続けてゆくうちに、ロバートさんは、このやり方で充分食べていけるという自信を持った。

一年後、ロバートさんはこのような訪問販売でかなり成功した。三年後には、住民がスーパーへ行かなくても自宅の前で新鮮な野菜が買えるという〝訪問販売サービス〟が大いに受け、ロバートさんの会社も次第に大きくなり、新聞やテレビでも報道されるようになった。

保険会社が、そのような人物に目をつけないはずはない。営業マンは、ロバートさんに保険契約のサインをしてもらったあと、電子メールのアドレスを聞いた。

ロバートさんは、かつてのマイクロソフト社と同様に、ここでもまた、「私はパソコンも持っていないし、電子メールアドレスなんかある訳がない」と言うと、保険会社の担当者はびっくり仰天して「そんなに大きな会社に、電子メールがないなんて信じられません。もしあなたに、パソコンと電子メールがあればどんなに素晴らしいことができるでしょう」と言った。

するとロバートさんが冷静に言った。「いや、その場合には、私はマイクロソフト社の清掃スタッフにしかなれないんだ」

マイクロソフト社では、パソコンでトラブルが発生した際に使用される警告（ワーニング）メッセージである〝Press any key〟（任意のキーを押してください）という表現を、〝Press return key〟（リターンキーを押してください）に変更することを検討中である。

その理由は、あまりにも以下の問合せが多かったからだという。

「おい、いくら探してもanyというキーが見つからないぞ」

IT技術者として来日したインド人と一緒に、一杯飲みに行った。

瓶ビールの蓋を開けると、大量の泡が出てきたので、インド人がびっくりした。

どうしてかと聞くと、インド人が言った。「泡が出てくることで驚いたんじゃない。この泡をどうやって瓶に詰め込んだのかと思って驚いたんだ」


パソコンが自分の彼女だと思っている人がいるらしい。

その理由は、

（1）ようやく格好いいパソコンを手に入れたと思ったら、その後でまたよりいいものが出てきた。当然手に入れたくなる。
（2）自分のミスは、パソコンは許してくれない。
（3）パソコン同士間のコミュニケーション言語は、理解できない。
（4）本体以上に、周辺装置にもっと金がかかる。
（5）常にウイルスチェックが必要。
（6）買ってから、容量が小さいことに気づく。
（7）ある日突然動作しなくなることはよくある。
（8）誰のせいだかよく分らないが、二、三年経つとこのパソコンを使い続ける気持がなくなってくる。
等々だという。

ソフトウェアには、ご承知のようにさまざまなバージョンが存在する。例えば、あるホームページにアクセスしたが、IE4・0以上（4・0版）でないと開けなかったとか、わずらわしい問題にもなるのだが、開発の舞台裏から観察すると、各バージョンの違いは実際には以下のような意味を持っている。

◇1・0版：マーケティング部の連中が、とにかく商品化せよとハッパをかけたために開発者は疲労困憊。当然まだ使い物にはならない。
◇1・1版：致命的なバグ（故障）だけは、修正済みの状態。
◇2・0版：お客様から申告のあったバグに関しては修正済み。
◇2・1版：拡張機能に若干不都合があるが、大きなトラブルにはならない。
◇3・0版：やっと開発者が寝不足から解放され、胸を張って立派な製品と言えるものが完成。お客様からのクレームも一段落。
◇4・0版：機能を多彩に揃えた。ソフトのサイズも倍増。ここらでマシンの買い替えを。
◇4・1版：バグは一桁に留まるが、売れ行きが心配になってきた。

◇6・0版：そろそろ世の中から姿を消していく時が来た。新しい代用品が出てくるまで、とにかく頑張ろう。

IBMが開発したOS／2は、専門家の間では評価が高かったのに、なぜかマイクロソフト社のWindowsに勝てなかった。インターフェース、性能、互換性、市場戦略などを専門家が分析したけれど、結局勝てない原因ははっきり分らなかった。とうとう最後に、あるコンピュータ雑誌の編集長が、IBMという名前がまずかったと結論付けた。

すなわち、IBMとは、I Beg Microsoft（私が、マイクロソフトに乞う）という意味になるだからだ。

またIBMとは、I Beat Myself（自分で自分をやっつける）という意味でもあるし、Industry Biggest Mistake（業界最大のミス）の略語でもあるという訳だ。

ある日マイクロソフトのビル・ゲイツ会長は、コンピュータ業界と自動車業界について、自分の見解を述べた。ビル・ゲイツは、もしGMの技術進歩がコンピュータ業界と同等だったら、いまごろ乗用車一台は二五ドルで買えたはずと論じた。

これを聞いたGMの経営者が反論し、もしGMがマイクロソフトと同じようなことをしたら、どうなるかを具体的に説明した。

まず第一に、新しい道路ができ次第、客は新しい車を買わなくてはならなくなる。次に、車の安全装置が動作した場合、エアバッグが出てくる前に、「イエスかノーか?」を聞いてくる。

それから車の運転中に、突然こんなメッセージが出てくるだろう。「原因不明の故障発生。エンジンまたはブレーキにタイムアウト。製造メーカーに連絡してください。Abort, Retry, Fail?」

アメリカはさすがITの先進国だ。

ニューヨークの地下鉄の駅の近辺に、三人のホームレスがいて、そのうちの一人は、スチール製のコップに〝Beg〟(お金を乞う)と書いて、一日に一〇ドルそこそこもらえた。

二人目は、〝Beg.com〟(お金を乞うドット・コム)と書いて、一日約数万ドルを手に入れることに成功した。また、ベンチャー投資家がナスダックに上場することまで検討しているという。

〝e-Beg〟（e-お金を乞う）と書いた三人目とは、ＩＢＭやＨＰ（ヒューレット・パッカード）などの大企業が彼と手を組むことを真剣に検討し、数万ドルにのぼるマシン無償提供だけでなく、コンサルタントまで無償提供するという。

現在のＩＴ産業の代表的な職種は、システムエンジニア（ＳＥと呼ぶ）かプログラマー（ＰＧと呼ぶ）だという。ＳＥやＰＧは憧れの職業として、各方面からの注目を集めているが、果たして本当にそれほど立派な仕事なのだろうか。

ある人が実際に仕事の実態を調査したところ、なんと売春婦と共通点が多いことが分った。

（1）夜の仕事が多い。徹夜になることもしばしばある。
（2）若いうちでないとできない。
（3）指名がかかり、顧客を満足させられなかったら交代するのはこの業界の常識。
（4）お客様満足度は、ほぼ個人技で決まってしまう。
（5）仕事中に高度な集中力が要求され、まわりには他人がいないほうがいい。仕事が一段落した途端、無上の喜びを感じるという。
（6）自分の活動できる範囲は、行政指導によって定められた地域のほうがいいという

（ソフトパーク対レッドゾーン）。

（7）お客様のニーズがころころ変りやすく、常識では考えられない要求ものまなくてはならないことが多い。

（8）ウイルス問題に悩まされている。

（9）Plug & Play という用語は、説明なしで通じる。

（10）マイクロ・ソフトのことは、どうも好きになれない。

あ

る人が熱気球に乗って、空を飛んでいた。しかし、飛行航路に迷ったため、高度を下げて通りすがりの人に道を聞いた。

「すみません。私がいまどこにいるかを教えてくれませんか」

「あなたは熱気球の中で、地面まで三メートルのところにいるよ」

その返事を聞いた熱気球の人がこう言った。

「あなたは、きっとＩＴ業界の人でしょう」

「その通りだが、どうして分るの？」

「だって、あなたの回答は非常に正確だけど、まったく役に立たないからね」

通りがかりの人は、少し考えてからこう言った。

「あなたはきっと管理職でしょう」
「その通りだが、どうして分るの？」
「だって、あなたは自分がどこにいるかも分からないし、どこへ行くのかも分っていない。なのに、僕に問題解決を求めている。あなたがいま置かれている状況は、僕に質問する前と何も変わってないのに、すべての責任は僕にあると勝手に決め付けているものね」

若い女性のコンピュータアシスタントが部長のコンピュータの設定を手伝っていた。パスワードの設定画面で、どのパスワードを使うかと女性が部長に聞いた。好色な部長が〝PENIS（ペニス）〟と言ったので、女性が指示どおりに入力したところ、コンピュータがこう反応した。
〝*** Password Rejected. Not Long Enough.***〟（そのパスワードは短すぎるから拒否）
そこで女性は部長に向ってこう言った。
「あなたのは短すぎるとコンピュータが言っています」

時は金なり、という諺がある。つまり、time = money という公式だ。また、イギリスの哲学者の『知識は力なり』という言葉も有名だ。つまり、ここではknowledge = powerという公式が成り立つ。

さらに、物理学では、以下の式が存在する。

power = work / time

最初の二つの式をこの式に代入すると、

knowledge = work / money

となり、さらには

money = work / knowledge

になる。

つまり、knowledge→0の時、money→∞（無限大）になる。

すると、一体我々は何のために勉強しているのだろう？

羊飼いが草原で羊を放牧していた。

突然、車がやってきた。車から降りた若者は、羊飼いに話しかけた。「私が正確に羊の数を言い当てたら、羊を一頭くれませんか」

あちこちに散らばっている羊を見て、羊飼いが頷いた。

若者は、ノートパソコンや携帯電話などをカバンから取り出し、GPS（衛星測定システム）を利用してアプリケーションを動かし、数分後に五ページ分もの膨大な計算結果を得た。

若者は言った。「全部で、一五八六頭います」

「正解だ。約束どおり羊を一頭差しあげましょう」と、羊飼いが言った。「ところで、もし私があなたの職業を言い当てたら、その羊を返してくれませんか？」

「いいでしょう」と若者が言った。

「あなたはきっとアーサー・アンダーセンかＫＰＭＧのコンサルティング会社に勤めているはずです」

若者は驚いた。「その通りです。私は、アンダーセンのコンサルタントです。でもどうしてそれが分ったのですか？」

「理由は簡単です。まず、あなたたちの業界の人は、だれも呼んでないのに、いきなりやって来ます。それから、私がすでに知っている事実のために、金を払わせようとします。さらに、あなたは私の仕事の中身を理解していません。その証拠に、さきほどあなたは羊と間違えて私の犬を車に入れたでしょう」

自動車メーカーに勤めるエンジニアの中村さんがアメリカ行きの航空機に乗っていた。

太平洋上空を通過した時に、気流の影響で、飛行機はひどく揺れた。中村さんは手前の座席に頭をぶつけてしまった。

「大丈夫?」と隣から女性の声が聞こえてきた。彼女は無事だったらしい。自分はこんなにダメージを受けたのに、どうして女性は無事だったのだろうか、と中村さんは不思議に思い、隣のシートを覗いてみた。そして、目に映ったのは女性の大きな球状の胸だった。

「そうだ! あの大きな胸が彼女を助けたのだ!」

中村さんは興奮し、インスピレーションがひらめいた。そして、このときの体験がもとで、のちに自動車の安全装置であるエアバッグが発明された。

男女編

いろいろカッコつけても、所詮この世は男と女。古今東西変ることのない悲喜劇がどっさり。

奥　さんが主人にたずねた。「もし、残された生命があと五分しかなかったら、あなたは何をしますか」

「君とセックスをするさ」

「あら、そう。それじゃ後に残った四分は、何をなさるの」

結　婚相手を探す女性は、年齢に伴って男性に対する関心や質問が変わってくる。
十七歳の少女：「あの男性はカッコいい？」
二十五歳の女性：「あの男は月いくらもらっているの？」
三十五歳の未婚女性：「あの男はいまどこにいるの？」

結　婚して数十年になる仲良しの夫婦がいた。いままで一度も喧嘩したことのない理由を聞かれたご主人はこう答えた。

「わが家では、お互いの役割分担をはっきり決めているんです。つまり、普通のことは奥さんに任せているし、重要なことは僕が決めています」

「普通のことというと？」

「例えば、どのような家を買うとか、いつどこへ海外旅行に行くとか等々です」

「それでは重要なこととは？」

「例えば、ＯＤＡを出動すべきかどうか、わが国が核兵器を持つべきか否かとか、です」

「なるほど！」


女性がレストランで、大きな声で自分のボーイフレンドを責めた。「あなたみたいな恥知らずは、世界中どこを探してもいないわよ！」

あまりにもひどい言葉に驚いて、まわりの人々が彼らの方を見た。

男性がその事態を察し、声高に叫んだ。「よくぞ言った！　君は偉い！　それから彼に何て言ったの？」


警察官が、酔っ払いを家まで送ってやった。ようやく自宅に着いたが、心配だったから念のために「ここはほんとうにあなたの家ですか」と聞いた。

酔っ払いは「疑うなら家に入ってください。証明しますよ」と、ドアを開けて中に入った。

「ほら、あそこのピアノが見えますか？　あれは私のものですよ。あっちのテレビが見えますか？　あれも私のものです」

続いて、二人は二階に上がった。

「ほら、ここが私の部屋です。わたしのベッドが見えますか？　ベッドで寝ているのが私の妻です。その隣で寝ている男が見えますか?」

警察官が、戸惑いながら「ええ」と頷くと、酔っ払いが言った。

「あれは、私です」

列

車がトンネルに入ったので、一瞬列車内は真っ暗になった。キスをする音が聞こえ、「パシッ!」と誰かの顔が叩かれた乾いた音も聞こえてきた。

トンネルを抜け出した列車は、なおも走り続けた。ボックス席に座っているお互いに面識のない四人は、奇妙な雰囲気に包まれていた。ドイツの軍人の顔は、誰かに打たれたため、すこし赤くなっていた。

四人のうちのおばあさんは、こう思った。「隣の娘は、若いに似ずしっかり者だね」

若い娘は、すこし戸惑った表情で、こう思った。「おかしいな。あのドイツ人は、どうして私でなくあのおばあさんにキスしたのかしら」

ドイツ人は、悔しがっていた。「このフランス人はずるいな。自分がキスしたくせに、娘に打たれたのはこの私だ」

フランス人は、腹の中で笑っていた。「いやあ、実に気持良かったなあ。自分で自分の手にキスをした後で、この傲慢なドイツ人を思いっきり引っ叩いてやったんだからなあ」

結婚してまもない新婚夫婦が夫婦喧嘩をした。

若い妻が、泣きながら言った。「もうこれ以上あなたと一緒に生活したくないわ。私、実家に帰ります」

若い夫が言った。「そんなら実家に帰れ。電車代を渡すから」

お金を数えた妻がこう言った。「片道分しかないじゃん。帰りの電車代も頂戴よ」


中田さんの奥さんが、テレビの修理を頼んだ。

修理がちょうど終わった頃、中田さんが帰ってきた。奥さんは嫉妬深い中田さんにくどくど事情を説明するのが嫌なので、修理屋にちょっとテレビの後ろに隠れていてくれるように頼んだ。「主人の隙を見て、こっそり帰ってね」

居間に入ってきた中田さんは、すぐにテレビのスイッチを入れサッカーの生中継を見物しはじめた。試合は緊張の連続だ。修理屋は隠れているのが苦しくなったので、テレビの背後から出てきて、そのまま堂々と立ち去った。

テレビに夢中になっていた中田さんは、戸惑いながら妻に言った。「あれ、おかしいな。なんで彼は退場したのかな？　レッドカードって出てたっけ？」

エジプトの美人スパイがイスラエルの偵察から戻ってきて、直ちに指導部に報告を行った。

「私はダヤン将軍の作戦計画を手に入れました。また、彼の息子も捕まえました」

「すばらしい！」と、エジプトの将軍が叫んだ。「それで息子はどこにいるんだ。直ちに訊問しよう」

女スパイが言った。

「残念ながら、訊問はすぐにはできません。あと十ヶ月待ってください」


レストランのレジで働く若い女性が、しばらく休みたいと言い出した。その理由は、最近自分の容姿が落ち始めたからだという。

「とんでもない。あなたは十分魅力的だよ」と、店長が引きとめようとした。

女性は頑として言い張った。「いや、本当ですわ。最近、レジでお金を払う男性客が、私がいくらお釣りを渡したかを勘定し始めたんですもの」


六〇歳を過ぎた富豪の女性が、四〇歳の男と恋に落ちた。

恋にあまり自信のない女性は、作家のボルタに意見を求めた。「私は彼と結婚したいんです。しかし、年齢差が問題になるでしょう。私は真実の年齢を隠して、四〇歳と言ったほうがいいかしら」

「それじゃだめ、だめ」と、ボルタがアドバイスをした。「あなたは自分が七〇歳以上だと言ったほうが、彼にとって、もっと魅力的になるはずよ」

バイオを教えている先生が、〝環境と遺伝〟について学生に論文を書かせた。ある学生はこう書いた。

「生まれた子供がお父さんに似ているなら、遺伝だと考えられます。もし、お隣の方と似ているなら、環境だと考えられます」

新婚さんが海外旅行から帰ってきた。

飛行機から降りてくると、新婦がこう言い出した。「私たちは、いかにも新婚さんという格好じゃなく、熟年夫婦のようにしてみせたらどうかしら」

新郎が答えた。「いいねえ。それでは早速このカバンを持ってくれよ」

化粧品売り場にて。

客が半信半疑で聞いた。「この新商品を使ったら、ほんとうに若く見えるの？」

「もちろんですとも」とセールスマネジャーが太鼓判を押し、大きな声で売り場の若い店員を呼び寄せた。「お母さん。こっちに来てこのお客様にあなたの素肌を見せてあげてください」

ある日本の男性誌は、日本人の男性を対象に、セックスをした後の三〇分間の行動についで調査した。以下がその調査結果である。

(1)タバコを吸う：五%
(2)そのまま寝る：八%
(3)服を着て、自宅へ帰る準備をする：八七%

ドイツの代表団がアメリカを訪問した時、団長がこう講演した。

「みなさん、私は英語があまり得意ではありませんので、言い間違えたりしたらご容赦ください。さて、私と英語とは、私と妻の関係によく似ています。つまり、私はそれを愛しているが、しかし、なかなかうまくコントロールすることができないのです」

八〇歳の高齢者が二十代の若い娘と結婚した。ある日、二人は病院へ行き、医師に妊娠したことを告げた。老人は八〇歳でも妊娠させることができたことを自慢した。

そこで医師は、こう言った。「こういう物語をご存知ですか？　ひとりの青年が狩へ出かけました。しかし、銃を持つべきところが誤って傘を持って出発しました。そして一頭のライオンが襲いかかってきた時、銃と傘を間違えたことに気づいた青年は危機一髪の窮地に陥りましたが、あわやという瞬間にライオンが倒れました。ライオンは、たしかに撃たれたのです。何と傘で！」

「そんなことは不可能でしょう」と、老人が言った。「きっと他人がやったんでしょう」

そこで医師は老人にこう言った。「その通りです」


夫の浮気を疑った妻が探偵を雇った。数日後、探偵は以下のように報告した。

「某月某日の午後、あなたのご主人は一軒の美容室、一軒のブティック、三軒のカフェに行きました」

「主人は、なんて奇妙な行動をしているんだろう」

「当日、ご主人はあなたを追跡されていたのです」


あるパーティで、日本人外交官が自分のユーモアのセンスをアピールするため、新任の駐日フランス大使にこうたずねた。

「あなたは、東半球の女性と西半球の女性のどちらがお好きですか?」

するとフランス大使はこう答えた。「私は、女性の両半球が好きなんです」


一九七六年、タイムズ紙のある報道がイギリスを震撼させた。何とイギリスには、二六歳の処女がまだ存在したのだ。

教会で牧師がこのことを話題に、現代人の堕落を非難した。そして、「いまここに座っている方の中には、まだ処女の方がいるのでしょうか?」と問いかけた。

すると、赤ちゃんを抱いた女性が立ち上がった。

「あなたは、もうお母さんでしょう?」

「四ヶ月の赤ちゃんは自分では立ち上がれないので、私が代わりに立ったのです」

水

曜日の午後、マイケル君は友達のロバート君の家を訪ねた。

ロバート君の奥さんがひとりで家にいた。奥さんはなかなかの美人で、マイケル君は一目惚れした。

マイケル君は、大胆にも五百ドルをあげると言い出し、それと引き換えに奥さんをHに誘った。金に目がくらんだ奥さんは、Hを承諾した。

夜、ロバート君が帰宅した。

「マイケル君が午後に来たかい?」と、ロバート君が奥さんにたずねた。

「ええ…」

「五百ドルもらったかい?」

「ええ…」奥さんの息が苦しくなった。

「それはよかった。あれは先週僕が貸した金なんだ」

鈴木さんが帰宅途中で、強盗に遭った。ナイフを持った強盗は、金を出せと迫った。鈴木さんは、「もしこの金を君に渡して家に帰ったら、妻に何と説明したらいいのだろう。強盗に遭ったと言っても、彼女は絶対に信じてくれないのだ」と言うと、強盗が言い返した。「俺の妻だって同じさ。俺が家に帰って、お前の金を奪えなかったと言ったって、妻は絶対にその言葉を信じてくれないさ」

学者編

さて、ここで問題です。この世でいちばん知識があるはずなのに、いちばん非常識な人って、誰でしょう？

ある女性社会学者が、南米のアマゾン地区へ研究旅行に行った。現代文明から遠く離れたアマゾンの住民は、現在でもまだ独特の原始的な生活をしていることで有名だ。女性学者がカメラを取り出し、子供たちの写真を撮ろうとしたところ、子供たちが騒ぎ始めた。

女性学者の顔に冷汗が流れ出た。彼女はアマゾンに伝わる古い伝説を思い出し、いきなり住民の写真を撮ろうとしたことを反省した。その伝説によれば、写真を撮ると、撮られた人の魂が奪われてしまうというのだ。焦った女性学者は、必死になってカメラの原理と構造について住民に説明しはじめた。その途中でいくら住民たちが女性学者に話しかけようとしても、彼女の話に割り込めなかった。

ようやく説明が一段落したので、ひとりの住民が彼女にこう言った。「子供たちは、あなたのカメラの蓋が開いてないことを教えようとしていたんです」

大卒者と修士、博士課程修了者の意識の違いは、医者を例にとって説明するとよく分かるだろう。

大卒は、自分はすべての病気を治す自信があると豪語する。

修士卒は、自分は目に関わる病気しか治せないと自覚している。

博士卒は、自分は左の目に関わる病気しか治せないと言う。

三人の学者が会議に出席するため、ロンドンからスコットランドへ出向かった。国境を越えたところに、一匹の黒い羊がいた。

「これは面白い。スコットランドの羊は黒いんだ」と天文学者が言った。

物理学者が、頭を振りながらこう言った。「その言い方は間違いだ。我々が言えるのは、スコットランドでは、ある種の羊は黒いということだけだ」

すると哲学者がすぐさまこう応酬した。「我々がほんとうに言えるのは、スコットランドの最低一箇所に、最低一匹の黒い羊が存在していたということだけだ」

夜のバーに、若い美人がひとりで座っていた。

「何か飲み物を持ってきましょうか？」と、やさしく囁きながら青年が近寄ってきた。

「何ですって、ラブホテルですか！」と、美人がびっくりした様子で、大声を出した。

「違う、違う。飲み物をどうですかと言っただけですよ」

「今すぐホテルですって！」と、美人がさらに大きな声を出した。

青年は非常に戸惑い、まわりから嘲笑を浴びながら、真っ赤な顔で引き下がった。

しばらくして、美人が青年のところへやってきた。

「まことに申し訳ありません。私はいま心理学の勉強をしているのです。人が予想もしない場面におかれた時の気持について研究をしていたのです」と謝った。

青年はじっと美人を見つめていたが、突然「何、百ドルでOKですって！」と声高に叫んだ。

本

を読みすぎ、本の世界がすべてだと思っている人は、学者の中にしばしば存在する。松永君はそのひとりだ。

ある日、松永君が魚を買ってきた。ところが、調理法がよく分らなかったため、本を買ってきて勉強をしていた。ところが勉強しているあいだに、隣の猫がやってきて、魚を盗み去ってしまった。

松永さんは尊大な態度で猫をこうののしった。「泥棒猫め、調理法も分らないくせに魚を持っていったって、どうしようもないじゃないか」

著

名な学者のオニールさんが母校に戻ってきた。懐かしさに駆られて、昔住んでいた学生寮を見に行った。学長も同行した。

かつてのオニールさんの部屋には、いまはある男子大学生が住んでいる。この日はガールフレンドを呼んで、一緒に勉強をしていた。しかし、学校の規定では、これは許されないことだった。

男子大学生はノックの音がしたので、慌ててガールフレンドをロッカーに隠した。

オニールさんと学長が入ってきた。オニールさんは懐かしそうに部屋を見渡しながら、「おなじみのベッド、おなじみの机、おなじみのロッカー…」と、言いつつロッカーを開けると、そこに女子学生が隠れていたので「…おなじみの女の子」と笑いながら言った。

男子大学生は、「彼女は、ええと…私の妹です」と弁解した。するとオニールさんはさらに懐かしさを覚え「…おなじみの嘘」と言って笑った。

ミ

ムルさんが友達のシナイさんに聞いた。「あなたはユダヤ法典を勉強しているのだから、手っ取り早くユダヤ法典のことを教えてくれない？」

「いいですよ。例をあげて説明しましょうか。例えば、二人のユダヤ人が煙突から落ちてしまいました。一人は汚くなったが、もうひとりはまったくきれいでした。さて、ここで問題です。一体、どちらが体を洗いに行くと思われますか？」

「もちろん、汚くなった人さ」

「違います。汚くなった人は、きれいな人をみて、自分もきれいだと思っていました。ところが、きれいな人は汚い人をみて、自分も同じように汚くなったと思って、洗いに行きます」

「？・？・？」シナイの不思議な解釈に、ミムルは言葉が出ない。

「では、次の問題に移りましょう。あの二人が再び煙突に落ちました。さて、今度はどちらが体を洗いに行くと思われますか？」

「分った。あのきれいな人だ」

「違います。汚くなった人は、どうしてきれいな人が洗いに行くかが分ったので、今度は、汚い人が洗いに行きました。それでは、次に移りましょう。あの二人がまた煙突から落ちました。さて、どちらが洗いに行きますか？」

「当然、あの汚くなった人さ」

「残念でした。同じ煙突に落ちた二人が、一人は汚くて、もう一人はきれい、そういうことはそもそもあり得るのでしょうか？」

「！！！」

「これがユダヤ法典のあらましです」

評論家と画家がカフェでコーヒーを飲んでいた。

評論家は画家の近作を批判したので、画家が不満そうに言った。「正確に批評するには、評論家もある程度絵を描けなくてはならないと思うんですが」

すると評論家が反論した。「それは違います。私は卵を産んだことはありませんが、卵の味については鶏よりよく分かっています」


てんとう虫が転んだ。やっと体勢を立て直したと思ったら、今度はある方向に向けて、急速に走り出した。そこで、なぜてんとう虫がこの方向へ向かうかについて、三人の学者がそれぞれ見解を述べた。

数学者が、「この方向は、てんとう虫にとって、家へ帰れる最短の線だ」と分析した。

生物学者は、「この方向に、てんとう虫は異性の匂いを感じたに違いない」と予想した。

哲学者は、「この方向へ向かうのは、てんとう虫にとって、生命を存続するための必須の本能だ」と断言した。


数学者の奥さんが友達と会うため午後に外出したので、数学者は、生まれて初めて三人の子供の面倒を自分で見なければならなくなった。

夕方奥さんが家へ帰ってきた時、数学者は一枚のメモを渡した。メモには次のように書かれていた。

『三人の子供のために涙を拭いてやったのは計一一回、靴下のほつれた糸を結んでやったのは計一五回。風船を膨らませてやったのは各五回、風船の平均的な遊び時間は一二秒。横断歩道を渡るとき、警告を出したのは計一八回。ガラスコップが割れたのは計三回。以上』


アダムとイヴを描いた絵画が、美術館に展示されていた。

植物の専門家が、先ほどからこの絵を穴があくほど見つめていた。どうかしたのかと思った美術館の館長が近寄って「この絵は、有名な画家が描いたものですが、いかがでしょうか?」と聞くと、専門家はこう言った。

「非常にいい絵なのですが、絵の中のりんごはちょっとおかしいです。あのりんごは、今世紀八十年代に育った品種です」


ある時、国王が学者に真理と財産のどちらを手に入れたいかとたずねた。

学者は財産と答えた。すると国王は、「私なら、真理を手に入れたい」と言った。

そこで学者はこう言った。「やっぱり人間というのは、自分に持っていないものを追求する傾向がありますね」

こども編

大人とは何ぞや？　それは、子供がたんに大きくなった存在に過ぎません。

先生が小学生たちにイソップの『羊と狼の物語』を語り終えた。「みんなよく分っただろう」と、先生がまとめに入った。「もし羊が羊飼いの話をよく聞いて、みんなと離れなかったら、狼に食われることもなかっただろう」

「分りました、先生」と、安田君が頷いた。「でも先生、そのあとあの羊は僕たちに食べられることになるんですよね」

子供が男にこう言った。

「おじさんは、どうしていつも僕のおねえちゃんを呼び出すんですか。おじさんには、自分のおねえさんっていないの?」

子供とお母さんとの対話。

「お母さん、テレビアニメの放送っていつからはじまるの」

「昼ごはんを食べたあとだよ」

「じゃあ、はやく昼ごはんを食べようね」

礼儀がいかに重要であるかを、先生が子供たちに教えようとしていた。先生がひとつの具体例を示した。

「アメリカ初代大統領のワシントンが子供の頃、自分の庭のリンゴの木を斧で切っていた時、誤って隣の庭の木も一緒に切ってしまいました。ワシントンはすぐに隣の人に謝りました。隣の人は過ちを許し、まったく怒りませんでした。さて、ワシントンはどうして怒られなかったのでしょうか？」

ひとりの生徒が立ち上がって答えた。「先生、分りました。それはワシントンが手に斧を持っていたからです」

山下君が、最近学校に着任した先生の評判を小林君に聞いた。

「あの先生って、どんな先生？」

「おかしな先生だよ」と、小林君が言った。「あの先生はね、昨日は三かける四は十二と言ってたのに、今日は、二かける六が十二と言い出した。言うことがころころ変わって、あんまり信用できないね」

お父さんと坊やが列車に乗っていた。

なにか面白いことはないかと考えたお父さんは、坊やの帽子をサッと奪い取って、窓の外に捨てたようにみせかけて、自分の背後に隠した。

帽子を本当に捨てられたかと思った坊やが泣き始めた。

「大丈夫、大丈夫」と、なだめながらお父さんは口笛を吹き、「ほら、帽子が戻ってきただろう」と言って、坊やに帽子を返した。

「わあ、パパすごい！」と、坊やは父の魔法にいたく感動した。

しばらくして、今度は坊やが、突然お父さんの帽子を窓の外に捨てた。坊やは、笑いながらこう言った。

「お父さん、早く口笛を吹いてください」


「僕は、どこから来たの？」


小学三年生の息子が学校から家に帰ったとき、母親にこう聞いた。

学校では、まだ子供にそのような生物学的な知識を教えていなかった。お母さんは、息子の心の準備もまだできていないだろうと想像し非常に困惑したが、それでも自分なりの言葉で子供に説明を試みようとした。

まだ小さい子供には、そのような説明は難しすぎた。それでも大層神経を使ってやっと説明し終わると、お母さんは息子の反応を心配そうに見守った。

ようやく息子が口を開いた。「僕の隣に座った人に同じ質問をした時は、『自分はフィリピンからやってきた』と簡単に答えてくれたよ」

子供A：「僕のお兄ちゃんは、昨日蚊に刺されて、手がひどく腫れて赤くなった」
子供B：「僕のおじいちゃん、先週蜂に刺されちゃって、頭がひどく腫れたよ」
子供C：「もっとすごいことがあるんだ。僕のお姉ちゃんってさ、何に刺されたかよく分らないんだけど、お腹が腫れて、ものすごくでかくなったんだよ」

お母さんが妊娠した。四才になる香織ちゃんは、自分の弟または妹がどうやって生まれてくるかが、どうしても分らなくてお父さんにたずねた。
　お父さんの説明は、こうだった。「まず頭が出てきて、それから体が出てきて、それから足が出てきて、それで、子供が生まれてくるわけだ。分ったかい香織？」
「分ったわ。そのあとお父さんは、ドライバーを使って頭や手足を組み立てたのね」

息子：「お父さん、僕の学校の先生は、トラを見たことがないみたいだよ」
父：「どうして？」
息子：「昨日、僕が描いたトラの絵を見せたら、先生が『これは犬ですか』って聞くの」

山田君は学校へ行きたくないため、自分の父親の口調を真似して学校に欠席の電話をかけた。
「山田君は体調がよくないため、二、三日お休みをいただきたいんです」

か?」

「そうですか」と、学校の先生が言った。「お大事にね。ところで、あなたはどなたです

「僕のお父さんです」

お

母さんが小学生の一郎君に八〇円を渡して、切手を貼って手紙を出すように頼んだ。しばらくして、一郎君が帰ってきたが、お母さんに八〇円を返した。「ちゃんと手紙を出してくれたの?」とお母さんが不安そうにたずねた。

「大丈夫、安心してよお母さん。僕、郵便局の人に気づかれないように、こっそりポストに手紙を入れたから」

金

持ちの家の小学生の息子が、お母さんにたずねた。

「天使ってどういう人なの?」

「可愛くて、空を飛べる人のことよ」と、母親が答えた。

「おかしいなあ。昨日お父さんが、お手伝いのジェニーに『あなたは私の天使』って言ってたけど、ジェニーは空なんか飛べないじゃないの」

母親は、怒りを抑えてこう言った。「あ、そうなの。じゃあ今日飛べるようにしてやるからね」

小

学校の先生が、生徒に問題を出した。

「ある人が五羽のにわとりを飼っています。にわとりは毎日五個の卵を産みます。それでは、にわとりは一週間に何個の卵を産むのか計算してみなさい」

すると生徒が質問した。「先生、にわとりは日曜日には仕事を休みますか?」

小

学生の山田君が、スーパーの食品売場で買物をしたあと、レジで何を買ったかを聞かれた。

「三五〇円のバター二個と、一二〇円のパン八個と、八五〇円のコーヒー一個と、一八〇円の牛乳二個」と山田君が言った。

「合計二八七〇円になります」

「一万円札を渡したら、おつりはいくらになりますか」と、山田君がたずねた。

「七一三〇円になります」

「ありがとう。これは、今日学校で出された宿題で、いくら考えてもさっきまで分らなかったんだ」と、山田君はレジの人に感謝しながら店を去った。

生

物の先生が、生徒たちに血液循環について説明している。

「私が逆立ちすると、血液が頭に流れてきて、顔が赤くなるでしょう?」

「その通りです」と、生徒たちが一斉に答えた。

続いて先生が「では、私が普通に立っているとき、血液が足に流れてくるのに、どうして足は赤くならないのでしょうか?」と質問すると、生徒たちがまた一斉に答えた。

「先生の足は、空っぽではないからです」

日本人の旅行団体が、スコットランドの村まで観光旅行に出かけたとき、ある日本人がガイド嬢にたずねた。

「この村には、かつて大物が生まれたことはありましたか」

ガイド嬢は、目を見張るようにして断言した。「ありません。ここで生まれたのは、みんな小さな赤ちゃんだけです」

年取ったアメリカ人夫婦が、中国語学校に通いたいと言い出した。動機を聞かれた奥さんはこう答えた。

「私たちは、中国から一八ヶ月の赤ちゃんをあずかってきたの。もうすぐ中国語で喋るようになるから、何を喋っているかを知りたいの」

ラクダの子供が父親に聞いた。「お父さん、僕の背中になぜコブがあるの?」

「砂漠を渡る時に必要な脂肪や水分を蓄積するためさ」と、ラクダの父が言った。

「どうして僕にはこんな長いまつ毛が生えてるの？」

「砂漠では風が強くて砂ぼこりがすごいから、長いまつげで目を保護するのさ」

「どうして僕の足には、硬い肉球があるの？」

「砂漠を渡る時に、歩きやすいからさ」と、ラクダの父親は誇らしげに言った。

すると最後にラクダの子供がこうたずねた。「じゃあお父さん、いま僕たちは動物園で何をやってるの？」

医者編

さて、ここで問題です。自分の悪いところ以外はたちどころに治してしまう人は誰でしょう?

時給ベースに直すと、歯医者さんの給料がもっとも高いかもしれない。

「歯を抜くのはたった三秒なのに、五〇〇〇円もかかった」と、患者が不満そうに言った。すると、歯医者さんが反論した。

「そうですか。ではもし良かったら私がみっちり三〇分をかけて、あなたの歯を抜いてもいいですよ」

ある医者は、患者の病気をなかなか治せなかった。彼のところに訪ねてきた患者は、その後病気で亡くなったか、よくならないかのどちらかであった。

この医者は患者から文句を言われた時に、こう反論した。

「病気が治らないのは、私のせいではないのです。私はちゃんと教科書どおりに病気を治そうとしたが、患者が教科書どおりの病気になってないだけの話なんです」

病院の先生が、病気にかかった小学生の山田君を安心させようとした。「心配しなくていいよ。私も子供の頃、君と同じ病気を抱えていたんだよ。でも、ほら、いまは、ぜんぜん大丈夫なんだからね」

「そうですか」と山田君が心配そうに言った。「では先生が子供の頃にかかったお医者さんを僕に紹介してくれませんか」

ドイツ人の著名な内科医師ジョン・シャレオンは、腕が確かであるだけでなく、生徒たちに教える方法も独特で評判が良かった。

シャレオン先生は次のようなやり方で生徒たちを教えた。「優秀な医者になるためには、二つの素質が重要だ。一つ目は、不清潔さに慣れること。二つ目は、鋭い観察力を備えること。例えば、経験豊富な医者が糖尿病を診察するとき、患者さんの尿を口で味わってみることはよくある」

そう言いながら、シャレオン先生はそれを実際に示してみせた。先生はまず尿が入ったコップに一本の指を差入れ、それから指を口に入れ、舐めて味わった。それから、学生に「誰かやってみますか?」と聞いた。

すると、先生の行為に勇気づけられた一人の生徒が、先生の真似をして尿の味を試してみた。学生のすることをじっと見つめていた先生は、軽いため息をついてこう言った。「君に不清潔さに慣れるという素質があることは認めるが、残念ながら、観察力が欠けているね。さっき私がコップに入れたのは中指だったが、舐めたのは人差し指だったのだ」

病院の医師が若い女性を診断したところ、妊娠していることが分かった。医師が「奥さん、いい知らせがありますよ」と言うと、

「私はまだ奥さんにはなっていませんよ」と、若い女性が訂正した。そこで医師は口調を変えてこう言った。「オネエサン、あなたに悪い知らせがあります」

医者の息子が大学の医学部を卒業し、父親の病院で仕事を始めた。父親は息子に仕事を任せて旅行に出かけた。一ヶ月後、戻ってきた父親は息子に病院の状況を聞いた。「うまくやってるよ。全然問題ないさ」と、興奮気味に息子が言った。「田中さんって患者さん、覚えてる？　お父さんが二〇年かかっても治せなかった彼の腰痛を、僕は一発で治してあげたよ」

お父さんは失望と落胆を隠せなかった。「何だって。あの田中さんの腰痛病のおかげで、お前は高校、大学まで行けたんだぞ。この次は、田中さんにベンツを買ってもらおうと思っていたのに…」

インドに駐在しているイギリスの軍人が、自分の眼が悪くなったから母国に送還して欲しいと懸命に訴えた。

医師が「あなたにそれを証明する方法がありますか」とたずねると、軍人は周囲を見まわして壁にある釘を指差し、「先生、あそこにある釘が見えますか」と言った。「ええ、見えますよ」と医師が答えると、軍人が言った。「しかし、私には見えませんよ」

大学の医学部の教室で、先生が質問をした。

「刺激を与えられると、通常の状態より六倍も拡大される人体の器官はどこだろう」

指名された女子学生が、「先生、この質問は私にはちょっと…。男子が回答したほうがいいと思います」と、恥ずかしそうに言った。

先生がある男子学生を指名すると、彼は「それは、瞳孔です」と正解した。

それから先生は、女子学生にこう言った。

「君が考えている器官には、あんまり拡大を期待しないほうがいいですよ」


ある人が余命はわずか六ヶ月と医師から告げられた。彼は驚き慌てふためいた。

「先生、私はどうしたらいいのか教えてください」

医師が言った。「まず自分の全財産を寄付しなさい。それから、いま住んでいる一戸建てから出て、山奥のあばらやに引越しなさい。それから、五人の子供を養わなければならない女と結婚して、一緒に生活しなさい」

「それで、私は延命できるのでしょうか?」

「延命はできない。できないが、この六ヶ月はきっとあなたの一生の中でもっとも長〜い六ヶ月になることだろう」

医師が精神病患者の症状を確定するため、いろいろ試みた。

医師は、まず紙に直線を引いてから、患者に聞いた。「これを見て何を想像しますか?」

患者が答えた。「セックス」

続いて、医師は紙に円を描いてから、患者にたずねた。「これを見て何を想像しますか?」

患者が答えた。「セックス」

医師は星状の図案を描いてたずねた。「これはどうだね」

患者は頭を上げ、「セックス」と答えた。

医師は、ここでボールペンを置き、患者に向かって「あなたはセックス欲望症にかかったみたいですね」と言うと、患者が不満そうに言い返した。「先生こそセックス欲望症でしょう。描くものは、全部ポルノばっかりだ」


ある人が病院に行って医師にたずねた。「一〇〇歳まで生きるには、どうしたらいいか教えてください」

「第一に、お酒をやめることです」

「私は、お酒は飲んでません」

「それから、女遊びをやめること」

「私は真面目で、女遊びなんかしてません」

「野菜を多めに食べなさい」

「毎日野菜ばかり食べてます」

「そうですか。ところで、あなたはそれほどつまらない人生を送りながら、どうして一〇〇歳まで生きたがるのですか」


病院の先生が、自分の同僚にたずねた。「マイケルさん、あなたは、いつも患者がどんなお酒を飲んでいるかを聞いているが、それはどうしてですか。酒のブランド名から患者の病状が分かるのですか」

「もちろん病状は分かりませんよ。だけどブランド名から患者の経済的な状況が分かるので、これで診療費を決めてるんです」


カメがカタツムリの上を通り過ぎた。

怪我したカタツムリは病院に運ばれ、事故の様子を聞かれてこう言った。

「ともかくその時、ものすごいスピードのやつが僕の上を通ったことしか覚えていないんだ」

バラエティ編

この世は驚きと不可思議に満ち満ちた
劇場だ。さて、あなたはこの劇場で、
どんなドラマを演じるのだろうか？

飲み屋にて。

客が酔っ払って、店員に言った。

「酒はいいものだ。飲むと、ストレスも金の問題も何もかもすっ飛んでしまう」

するとあわてて店員が言った。「お客さん、先に会計お願いします」

サッカーチームの練習中に、何回もシュートを外した選手がいた。怒った監督は、自分がお手本のシュートをして見せたところ、やっぱりボールがゴールから逸れた。
すると監督は、「ほら、よく見ただろう。君はさっき、それと同じように悪いシュートを打ったんだぞ」と選手を責めた。

劇場マネージャーが歌手の出演料の高さに文句を付けた。「あなたのギャラは高すぎる。一回の出演料が、首相の一ヶ月の給料よりも高いじゃないか」
歌手が答えた。「それなら、首相をここで歌わせたら」

「**私**が舞台で使うパールのネックレスは、本物じゃないとだめです。そうでないと、真実味が出なくて、うまく演出できないでしょう」と、わがままな女優が言い放った。

「そこまでこだわるなら、本物を使ってもいいですよ」と、監督が笑いながら言った。

「すべて本物を使いましょう。最初に君が登場する場面のパールのネックレスも、最後に君が飲むあの毒薬も…」

居 酒屋で、酔っ払った女性が同僚に向かって「いまの私は、何もかもがダブルに見えるわ」と言った。

これを聞いた同僚は、一万円札を一枚渡すと「ほら、これは先週君から借りた二万円だ。今返すよ」

以 下は、アメリカのある裁判所で行われた訊問の一幕だ。

法官：「あなたは、その時、手にナイフを持っていたのですね」

ロバート：「はい。しかし…」

法官：「被告はイエスか、ノーで答えなさい。その時、ナイフはジャックの首のところにあったんですね」

ロバート：「…イエス」

法官：「あなたは、その時、ジャックに『動かないで』と言いましたね」

ロバート：「…イエス」

法官：「それでは、陪審員のみなさん、ロバートは違法に暴力を振るったかどで有罪と認めます」

ロバート：「ご冗談でしょう。私の職業は理容師で、その時、たまたまジャックさんのヒゲを剃っていただけだよ」

バーでたまたま知り合った二人が、賭けをした。

Aさんが B さんに言った。「私が、自分の歯で自分の目を噛むのに一〇〇ドル賭けますか」

Bさんは、これは絶対に不可能だと思い、自信をもって一〇〇ドル賭けた。

しかしAさんは、矢庭に自分の左目に収まっていたガラスの義眼を取り出し、口に入れて噛んだので、Bさんが負けた。

またAさんが言った。「あなたにもう一度チャンスを与えましょう。私は、自分の歯で右の目も噛めます。さあ、もう一度一〇〇ドル賭けてみますか」

いくら何でも左右とも義眼ではないだろうと思ったBさんは、またしても一〇〇ドルを賭けた。

するとAさんは、今度はなんと口から入れ歯を取り出し、自分の右眼にあてがって、軽く噛んでみせた。

違いないみたいです」
ジョンソン氏：「ほう、そうですか」
ロバート氏：「ほら、いま警察が手配書を出しているでしょう。息子を見つけたら何と一千万円の懸賞金を出す、って書かれているんですからね」

ロ

ンドンのピカデリー・サーカス通りで、ある男性が三〇日間に渡ってガラスの中に入って絶食しようとしていた。

これを知った新聞記者が駆けつけて、彼にインタビューをした。「どうしてそんなことをするのですか」と聞くと、男性は、「飯が食えるようになるためさ」と答えた。

あ

るイギリス人が、ロンドンのオックスフォード通りの繁華街で車に接触して倒れた。しばらくしてゆっくりと立ち上がったが、目が眩んでしまって、どこでどうなったのかが分からず、「私はいまどこにいるんだ」と周りの人にたずねた。

すると新聞の売り子が、「お客さん、これこそあなたがいま一番必要なものだよ。ロンドンの地図、たったの三五ペンスさ」と、すかさず売り込んだ。

イ

タリアのある教会で、男が神父に自分の罪を告白した。

男は泣きながら言った。「お許しくださいし神父様。私は第二次世界大戦中にナチスに迫害された人を、地下室に隠しました」

神父は「それは罪を犯したのではない。気にしなくてもいいですよ」とやさしく言った。

「ところが、私はこの人からずっと家賃をもらっていたのです」

「おやまあ、そうだったのですか。しかしあなたも命懸けで良いことをしたのです。あなたは神様のいい子です。アーメン」

しかし、男はまだ訴え続けた。「とんでもない、私は神様に徹底的に贖罪しなければなりません」

「いいえ、あなたは迫害された人のためにいいことをしてくれたのです」

「いいえ神父様。実は私は、戦争が終わったことを、いまだに彼に教えていないのです」

テ

レビ局が十人の金持ちを呼んで、成功の秘訣をたずねた。

〝ラッキー〟〝努力〟〝行動〟などのキーワードが飛び交った中で、意外にも〝好奇心〟をあげた成功者がいた。

「私が成功したのは、家内のお陰です」と、ある富豪が感慨深げに言った。「私は、一体どれくらいのお金があれば、彼女を満足させられるのかを知りたかったのです」

警

視庁の入庁試験で、次のような問題が出題された。

「車が国道を全速力で走っている。前照灯は点灯していない。突然、黒い服を着た酔っ払いが道の真ん中に侵入してきた。その時、月は見えず、信号も道路灯も故障していた。ところが、いままさに人にぶつかりそうになった瞬間、車が止まり事なきを得た。さて、その原因は何だろうか」

「酔っ払いの目が光ったから」とか、「声が聞こえた」とかいろいろな解答があったが、正解はこうだった。「その時、昼間だったから」

ス

コットランドに来た観光客が、ネス湖を走る湖上船で、ガイドに聞いた。「ネッシー（伝説の怪物）には、通常いつごろお目にかかれるんでしょうか」

ガイドはこう答えた。「通常は、スコットランドウィスキーを五杯飲んだあとで会えますよ」

法

学部の口頭試験の一幕をご紹介しよう。

教授が学生に命じた。「詐欺というのは、どういうことか説明しなさい」

学生はしばらく考えてから、こう答えた。「先生、もし今回の試験が不合格と判断された場合、これは詐欺と言えます」

「どうしてかね」

「法規によると、詐欺というのは、〝相手が状況をよく知らないことを利用して相手に損害を与えること〟だからです」

ご

主人が自動車事故で負傷し入院した。

奥さんが看護婦にこう言った。「うちの主人はとっても運がいいの。一昨日自動車保険に入って、昨日事故を起こしちゃったのよ。超ラッキー！」

あ

るインディアンが、アメリカの牧師に「今年の冬の天気はどうなりますか？」とたずねた。

「今年の冬は、かなり寒くなるから気をつけてください」と牧師は言った。

その話を聞いたインディアンは、大量の薪を用意して、寒い冬のために備えた。

他の村に行った牧師は、また同じ質問を受けたので、同じ返事をした。結局、インディアンはみんな牧師の話を信用して、薪をどっさり準備していた。

牧師は、自分の予言を確かめるため、気象予報センターに行って今年の冬の天気予報を聞いた。

するとと気象予報センターの担当者はこう答えた。「今年の冬はかなり寒くなると予想しています。何故なら、あなたもご承知かと思いますが、インディアンたちがみんな木炭の準備をしていますからね」

動

物を満載した船が、海を航海していたが、船が壊れてしまった。このピンチをしのぐためには、可哀相だが動物たちが海へ飛び込んで船の重量を減らすしか残された道はない。

問題は、誰が飛び込むかだ。

結局、動物たちが順番に笑い話を披露し、その話に仲間の動物が笑わなかったら、話し手の動物が海へ飛び込むことにした。

最初に、サルがお得意の笑い話をした。みんなの笑いを誘ったが、なぜか牛だけは笑わなかった。サルは、仕方なく海へ飛び込んだ。

次に豚が笑い話を披露したが、全員を笑わせることに失敗したために、海へ飛び込んだ。

続いて、トラが笑い話を披露した。豚と同じ運命だった。

その次は象の番だった。ところが象が話そうとした時、突然牛が笑い始めた。

羊が不満そうに言った。「おい、お前は象の話を聞く前に、何で笑ったんだ」

牛はなおも笑いながら、ゆっくりとした口調でこう言った。「さっきのサルの話がとっても面白かったんでね」

な

かなか猫に捕まらない頭のいいネズミがいた。

ある日、猫の声が聞こえたので、ネズミはすぐに隠れた。しばらくして、今度は犬の声が聞こえてきた。猫は犬を怖がっているためきっと逃げた、とネズミは思った。

ネズミが安心して出てきた。ところが、不幸にも外で待っていた猫に捕まってしまった。

〝どうしてだ?〟とネズミは不思議に思った。猫が独り言を言った。「いまの時代、外国語を覚えないと、生き残れないのだなぁ」

著者プロフィール

高山 流水（たかやま りゅうすい）

1962年生まれ。東京都在住
埼玉大学理工学研究科卒業
会社経営とライターの兼業
本書「文字療法——これでストレスを解消する——」が
初めての著作となる

文字療法《もじりょうほう》 ——これでストレスを解消《かいしょう》する——

2002年 7 月15日　初版第 1 刷発行

著　者　高山 流水
発行者　瓜谷 綱延
発行所　株式会社 文芸社
〒160-0022　東京都新宿区新宿1-10-1
電話　03-5369-3060（編集）
03-5369-2299（販売）
振替　00190-8-728265
印刷所　東洋経済印刷株式会社

©Ryusui Takayama 2002 Printed in Japan
乱丁・落丁本はお取り替えいたします。

ISBN 4-8355-3450-6　C0095